검찰청 망나니

DECA MEDIA

검찰청 망나니 6

초판 1쇄 2025년 12월 24일

지은이 네시십분 · **발행인** 김정수 · **고문** 이종주
발행처 데카미디어 · **출판등록** 2025년 4월 17일
주소 서울시 영등포구 당산로 214 · **E-mail** tradejjang0@gmail.com
유통 · 판매 관리 (주)행운사 · **Tel** (031)901-1137 · **FAX** (031)901-4140
E-mail luckybogo222@naver.com · luckybogo222@daum.net

ISBN 979-11-7513-042-5 (6권)
ISBN 979-11-993499-3-3 04810 (세트)

검찰청
검찰청
망나니
네시십분 현대 판타지 장편소설 6

검찰청
검찰

차 례

CHAPTER 1

"……의사 일정 제1항 국회의원 송백준 체포동의안을 상정합니다."

땅땅땅-

국회의장이 의사봉을 내려치자 송백준은 긴장되는 듯 침을 꼴깍 삼켰다. 옆자리에 앉은 동료 의원이 무어라 말해왔지만, 귀에 들어오지 않았다.

"법무부 장관 나오셔서 체포동의 요청 이유를 설명해 주시길 바랍니다."

국회의장의 말에 자리에 앉아 있던 법무부 장관 강석우는 자리에서 일어나 연단으로 향했다.

"법무부 장관입니다. 지금부터 정부를 대표하여 송백준 자유민주당 국회의원에 대한 체포동의 요청 이유를 설명하겠습니다."

법무부 장관 강석우는 국회의원들을 상대로 이유를 설명하기 시작했다.

"송백준 의원은 제17대, 제18대 국회의원으로 재직하면서 2010년 8월부터 2013년 2월까지 법조 브로커이자 유흥업소 대표로부터 불법 정치후원금을 받은 혐의와 그의 대가로 경찰의 유흥업소 단속을 무마해 주기로……."

송백준은 강석우의 발표를 보며 두 눈을 감았다. 자신은 심사숙고해서 내린 판단들이 결국 자신의 발목을 잡아왔다.

"……지역구 보좌관의 증언이 이를 뒷받침하고 있어 이 사건 범죄 혐의는 충분히 입증됩니다. 검찰은 송백준 의원이 죄를 범하였다고 의심할 상당한 증거가 있고……."

강석우는 한 자 한 자 힘을 줘가며 체포동의 요청 이유서를 읽어 내려갔다.

"……범죄 또한 중대한 점 등 구속의 사유가 있다고 판단하여 2013년 11월 7일, 송백준 의원에 대해 구속영장을 청구하였고, 서울중앙지방법원 박형원 판사가 체포동의 요구서를 정부에 제출하였습니다."

송백준은 여전히 두 눈을 감은 채로 법무부 장관의 발표를 듣고 있었다.

"이에 정부는 국회법 제26조에 따라 송백준 의원에 대한 체포동의를 국회에 요청하는 바입니다."

강석우는 연단 옆으로 벗어나 국회의원들을 향해 고개

를 숙이고는 자신의 자리로 돌아갔다.

"법무부 장관 수고 많으셨습니다. 이 안건과 관련하여 신상 발언 신청이 있었습니다. 송백준 의원님 앞으로 나오셔서 발언해 주시길 바랍니다."

국회의장의 호명에 송백준은 자리에서 일어나 연단으로 걸어갔다. 연단 옆에 선 송백준은 90도로 허리를 숙이며, 동료 의원들을 향해 인사했다.

"존경하는 국민 여러분, 그리고 선배, 동료 국회의원님들 마포구 을 국회의원 송백준입니다."

송백준은 다시 한번 의원들을 향해 고개를 숙였다.

"이유를 불문하고 선배, 동료, 후배 의원님들과 마포구 주민, 국민 여러분께 죄송한 마음으로 이 자리에 섰습니다."

[오늘 이 자리에 서기까지 요 며칠 편하게 잠을 자본 적이 없습니다.]

국회에 있는 한 사무실에서 진우와 권태영은 텔레비전을 통해 국회 내에 생중계되는 본회의를 보고 있었다.

"결국, 동정표를 구하는 건가?"

텔레비전 화면 속 송백준은 금방이라도 울 것 같은 얼굴로 연단 위에 서서 연설을 이어나갔다.

[저는 이번 일을 계기로 제가 살아온 지난 삶을 되돌아 보는 시간을 가졌습니다. 지금의 제가 보면 참으로 아등바등 살아왔던 것 같습니다. 그 과정에서 여러 실수와 타인에게 고통을…….]

"그런 것 같습니다. 지금 자신이 사는 방법은 동료 의원들의 동정표를 얻는 방법밖에 없다고 생각하는 듯하고요."

진우가 그렇게 말하자 권태영은 고개를 주억거렸다.

[저 송백준은 국민 여러분께, 또 마포구 구민 여러분께 사죄하는 마음에서 다음 국회의원 선거에 더 이상 나서지 않겠다 말씀드리겠습니다.]

송백준은 주머니에서 손수건을 꺼내 눈물을 훔치기 시작했다.

진우는 그 모습을 보고 기가 차왔다. 이 시점에서도 고작 생각한 것이 불출마 선언이라니…….

"국회의원들은 자신이 불출마하는 것을 아주 대단하게 생각하더군."

진우의 마음을 읽은 것인지 권태영은 피식 웃으며 진우

를 향해 말해왔다.

“다른 의원들의 동정표를 얻기 위해서는 불출마 선언이 최고라고 느꼈을 겁니다. 총장님께서 말씀하신 대로니까요.”

“그래, 이제 끈 떨어진 사람 구제해 주자, 그런 동정 여론이 없진 않을 테니까.”

[짧았던 국회 생활을 마치며 여러분 선후배, 동료 의원 여러분께 간곡한 부탁 한 말씀 올리겠습니다. 일반 국민과 똑같이 구속영장실질심사에 임하고 싶습니다.]

송백준은 감정을 주체하지 못하는 듯 계속해서 눈물을 훔쳤다.

[더는 국회가, 동료 의원분들이 저로 인해 비난받지 않길 간절히 바라며 저의 불찰을 거듭 사죄드리겠습니다.]

송백준은 그렇게 신상 발언을 마친 후 자신의 자리로 되돌아갔고, 국회의장과 국회 의사국장이 단상 위로 올라가 투표 방법을 설명한 이후 투표가 시작되었다.

“무기명 투표인데 결과가 나쁘진 않겠지?”

권태영은 그렇게 말하며 진우를 바라보았다.

"속단할 수는 없습니다만, 저희가 원했던 결과를 얻을 수 있을 것 같습니다."

"그래?"

"네, 송백준 의원은 자당 의원들까지 적으로 만들었습니다."

"그렇지, 오히려 그 점이 지금 상황에서 자신을 궁지로 몬 것이 아닐까 하는데."

권태영의 말에 진우는 고개를 끄덕였다. 모르긴 몰라도 지금 송백준이 처한 상황은 모두 자신이 선택한 결과였다.

"나는 드라마에 나오는 악당들은 왜 항상 멍청한 짓을 하는지 이해가 되지 않았어."

진우는 뜬금없는 말을 해오는 권태영을 바라보며 그의 말에 집중했다.

"근데 검사가 되고 보니 알겠더군. 그들의 행동은 모두 나름 자신에게 유리한 것이라고 판단하고 행동한 거였어. 그들을 상대하는 우리는 그 판단의 허점을 찌르면 되는 거고."

권태영은 진우를 바라보며 씩 웃었다.

"잘했다. 허점을 찌른다는 게 말이 쉽지, 여론이 등을 돌린 상태에서는 힘들었을 텐데 말이야."

권태영의 말에 진우는 대답 대신 살짝 고개를 숙였다.

[투표 결과를 말씀드리겠습니다.]

두 사람이 한참 대화를 나누고 있을 때, TV 속 국회의장이 투표 결과를 얘기하기 시작했다.

[총투표수 294표 중 가 204표, 부 83표, 기권 5표, 무효 2표로서 국회의원 송백준 체포동의 요구안은 가결되었음을 선포합니다.]

땅땅땅-

국회의장이 의사봉을 내려치자 진우는 자리에서 벌떡 일어나 두 주먹을 불끈 쥐었다.

*

"먼저 검찰에서 청구한 사전구속영장 청구서에 기재된 피의자의 범죄 사실 여부부터 확인하겠습니다."

그날 밤, 진우는 국회에서 송백준을 체포해 돌아오자마자 구속영장실질심사를 위해 서울중앙지방법원에 온 상태였다.

보통, 구속영장실질심사에는 검사는 참석하지 않았지만, 진우는 참석했고, 판사와 송백준 측 변호인들은 의외라는 눈치였다.

"피의자 송백준 씨는 2010년부터 2013년까지 호텔 누에보의 대표 송대식 씨로부터 그가 소유 중인 유흥업소를 향한 경찰의 단속을 무마해 주겠다는 명목으로 후원회 계좌로 3년간 2억 원이 넘는 돈을 불법 차명 후원금을 수수한 적이 있습니까?"

"없습니다."

송백준은 판사의 물음이 있자마자 그런 적은 없다는 듯 대답했다.

진우는 그 모습을 보고 속으로 피식 웃음이 터져 나왔다. 어떻게든 지금만 벗어나고 싶어 하는 송백준의 마음이 티가 났다.

"지역구 보좌관을 통해 정치후원금 이외에 개인적으로 2억 원의 돈을 수수한 적이 있습니까?"

이는 송백준의 지역구 보좌관인 김상우가 개인적으로 착복한 돈 이외에 증언한 돈이었다. 송대식도 인정한 송백준을 옭아맬 확실한 증거였다.

"……없습니다."

잠시 망설이던 송백준은 이번에도 혐의를 부인했다.

"피의자는 지역구 보좌관 김상우에게 모든 죄를 짊어지라며 그의 내연녀인 윤 모 씨에게 대가성이 있는 금품을 지급한 적이 있습니까?"

"없습니다."

"피의자의 검찰 자진 출두 이후, 검찰은 두 차례 소환 조사에 응하라며 피의자에게 요청한 바 있습니다. 피의자는 거절한 이유가 있습니까?"

"검찰이 준비가 안 되었다 느꼈습니다. 그리고 검찰은 정치적인 이유로 저를 향한 표적 수사를 진행 중이었기 때문에 응할 이유가 없었습니다."

송백준은 그렇게 답하며 진우를 노려보았다. 진우는 송백준의 따가운 눈빛을 받았지만, 그저 가만히 그를 마주 볼 뿐이었다.

송백준은 이제 자신의 상대가 되지 못한다는 걸 알고 있었기 때문이다.

"피의자는 사전구속영장에 청구된 정치자금법 위반 등 동종 범죄 경력이 있습니까?"

"없습니다."

진우는 피식 웃으며 송백준을 바라보았다. 그의 입에서 나온 첫 진실이었으니까.

"변호인이나 피의자께서 더 하고 싶은 이야기가 있다면 지금 말씀하세요."

판사의 말에 송백준은 자리에서 일어나 판사를 바라보았다.

"존경하는 재판장님, 저는 검찰과 정부의 탄압을 받고 이 자리에 섰습니다. 검찰과 정부는 처음부터 눈엣가시처럼 굴던 저를 쳐내기 위해 저를 표적으로 수사했으며, 없는 혐의까지 만들어내며 저를 탄압하고 있습니다."

송백준은 믿어달라는 듯한 표정으로 판사를 향해 호소하기 시작했다.

"저 또한 한 가정의 가장으로서 제가 구속된다면 가정이 무너질 위기에 처해 있습니다. 부디 불구속 상태로 수사와 재판을 받을 수 있도록 선처해 주셨으면 합니다."

송백준이 그렇게 말하며 고개를 숙이자 판사는 진우와 송백준을 번갈아 보았다.

"이상, 피의자 송백준의 구속영장실질심사를 마칩니다. 영장의 발부 여부는 24시간 안에 결정될 예정입니다."

판사가 그렇게 말하고 퇴정하자 진우는 자리에서 일어나 송백준에게 눈길도 주지 않고 재판정에서 퇴정했다.

*

"연락 아직이지?"

특수2부 부장검사실, 진우를 포함한 부장검사 김인호, 그리고 서필규가 이 자리에서 영장 발부 여부를 기다리고 있었다.

"네. 한 시간 안에 연락이 오지 않을까 싶습니다."

진우의 답에 김인호는 소파에 몸을 파묻었다. 마치 영장 결과를 알기 전에는 집에 가지 않겠다는 몸짓이었다.

“그나저나, 서 프로. 너도 수고 많았다.”

“아닙니다. 제가 후배 검사를 잘못 둔 덕에…….”

서필규는 피식 웃으며 진우를 바라보았고, 진우는 웃음으로 그의 말에 답했다.

“그래, 나도 소속 검사 잘못 둔 덕에 부장 달고 처음으로…… 지금 몇 시냐?”

“새벽 한 시입니다.”

“그래, 새벽 한 시에 집에도 못 들어가고 이러고 있다.”

김인호는 마치 긴장되는 분위기를 풀어보려는 듯 쓸데없는 농담을 해왔다.

지이잉-

그때, 기다리고 기다렸던 진우의 휴대전화에서 진동이 울리기 시작했고, 진우가 휴대전화를 집어 들자 김인호와 서필규는 침을 꼴깍 삼키고는 진우의 얼굴만을 바라보았다.

“네, 김 계장님. 네. 알겠습니다. 수고 많으셨습니다.”

진우는 전화를 끊고 씩 웃었다.

“나왔냐?”

김인호는 진우의 미소에서 답을 찾은 것인지 덩달아 웃으며 진우를 향해 물었다.

“네, 송백준 구속영장 청구되었습니다.”

진우의 입에서 확실한 결과가 나오자 김인호는 두 주먹을 불끈 쥐었고, 서필규는 두 손을 높이 들어 올렸다.

이들 모두 구속이 끝이 아니라는 건 알고 있었다.

하지만 현직 국회의원을 구속했다는 것은 법원에서도 위법성을 상당히 인정했다는 말이었다.

“아! 다들 수고 많았다.”

김인호는 진우와 서필규를 번갈아 보았다.

“특히, 현진우!”

“네, 부장님.”

“내가 요즘 느끼는 건데, 너랑 같은 편이라서 정말 다행이다.”

진우는 웃으며 고개를 살짝 숙였다.

“농담 아냐, 인마. 가끔은 네가 폭탄 같다가도 귀신같이 사건 처리하는 거 보면 내 검사 인생에 후배 덕을 본다고 생각하고 있으니까.”

“감사합니다.”

“그래! 감사해야지! 나 같은 부장검사 만난 것도 네 복이다. 일어나자, 오늘 집에 못 들어간다.”

김인호는 자리에서 일어나 재킷을 챙겨 입었고, 서필규도 활짝 웃으며 자리에서 일어났다.

“딱 요 앞 포장마차에서 한잔 꺾고! 집에 가자.”

“좋습니다!”

서필규는 큰 소리로 김인호의 의견에 동의했고, 두 사람은 웃으며 부장검사실을 나섰다.

"현 검사, 안 오냐?"

"곧 따라가겠습니다."

진우는 그렇게 답하고는 소파에 털썩 주저앉았다.

지난 몇 달을 엄청난 사건의 파도 속에서 휩쓸리지 않으려 아슬아슬하게 버티며 파도를 타왔다.

모든 것이 끝이라 생각하니 긴장이 풀리며 온몸에 힘이 빠졌다.

"이제 반 왔다."

진우는 그렇게 혼잣말을 내뱉었다. 아직 피라미드의 정점에선 차경환이 웃으며 진우를 내려다보고 있겠지만, 송백준을 주저앉혔다.

이번 삶의 목표의 반환점을 지난 기분이었다.

"하……."

힘들지 않다면, 거짓말이었다. 그간 아무렇지 않은 척해왔지만, 수십 번은 포기하고 싶었다. 그저 다른 검사들이 사는 것처럼 살아보고 싶다고 생각했었다.

"이젠 혼자가 아니니까."

하지만 이제는 혼자가 아니었다. 조금은 투박한 자신을 지켜주는 주변인들이 있었다.

진우는 마음을 다잡았다. 아직 끝이 나지 않았으니까.

피라미드의 정점에 미래그룹 총수 차경환이 아직 남아 있었다.

"한 발, 한 발 가 보자."

진우는 다시 한번 이번 삶의 목표를 상기했다.

"송백준 씨, 반갑습니다."

진우는 조사실 테이블 맞은편에 앉은 송백준을 바라보며 자리에 앉았다.

"요즘 검찰은 현직 국회의원도 못 알아보나?"

송백준은 말끔한 정장 차림으로 앉아 있었는데, 지난 며칠 구치소에서 고생한 것인지 얼굴은 푸석푸석해 보였다.

"내가 구속된 몸이긴 해도! 아직 국회의원 신분이라는 걸 잊지 마!"

"이곳에 오신 순간부터 송백준 씨는 국회의원 송백준이 아니라, 피의자 송백준입니다. 저는 모든 피의자를 똑같이 대합니다."

"야! 어디서 나를 잡범 조사하듯 조사하겠다는 거야? 부장검사 오라고 해!"

송백준은 무례하게 행동하기로 작정하고 이 자리에 온 사람처럼 자리에서 벌떡 일어나 고래고래 소리를 지르기 시작했다.

"송백준 씨, 여기 서울중앙지검 특수부입니다. 동네 파출소 아니에요. 자리에 앉으십시오."

진우는 굳은 표정으로 송백준을 향해 말했다.

"동네 파출소? 말 잘했다. 동네 파출소에서도 나를 이렇게 대하지 않아! 나 대한민국 국회의원이야!"

"저도 대한민국 검사입니다."

진우는 송백준을 노려보았다.

"송백준 씨같이 국회의원 배지 가슴팍에 차고, 더러운 짓 하는 인간들 잡으라고 국민이 힘을 부여한 대한민국 검사."

"이…… 익!"

"변호사님, 지금 이 조사 영상으로 녹화되고 있습니다. 피의자 지금 앉지 않으면 신체 구속한 후 조사 진행하겠습니다."

송백준의 깽판을 불안한 눈으로 바라보던 변호사는 한숨을 쉬며 자리에서 일어나 송백준에게 입을 열었다.

"의원님, 일단 조사엔 협조해야 합니다. 법정에서 불리하게 작용할 수 있어요."

변호인까지 나서자 송백준은 진우를 노려보며 자리에 앉았다.

"송백준 씨는 2010년 8월, 룸살롱 선데이에서 송대식 씨를 처음 만나, 그 자리에서 먼저 경찰이 앞으로 단속을 나오면 나한테 연락하라며 명함을 준 적이 있습니까?"

송백준이 구속되던 날, 굳게 닫혀있었던 송대식의 입마

저 열렸다.

진우는 질문을 던지고는 송백준을 바라보았는데, 송백준은 조사에 협조할 생각이 없어 보였다.

"묵비권 행사하시는 겁니까?"

"대답할 가치가 없어서 그랬소! 처음 듣는 얘기니 말이야."

"좋습니다. 송백준 씨는 그 이후로 송대식 씨가 운영하는 유흥업소에 자주 들러 불편한 건 없느냐 계속해서 캐물었고, 송대식 씨가 의원님께서는 필요한 것이 없으시냐고 묻자 요즘 정치 후원 계좌가 가벼워졌다며 은연중에 금품을 요구한 사실 있습니까?"

"없소!"

"송대식 씨의 증언에 의하면 차명 쪼개기 후원을 처음 자신에게 알려준 것도 송백준 씨라고 하던데요?"

"글쎄, 그런 적 없다니까."

"김상우 씨에게 전화해 송대식 씨에게 언제 후원금을 입금할 건지 물어보라고 시키신 적도 없고요?"

"그렇다니까."

송백준은 모든 혐의를 부정하려고 마음먹은 것 같았다.

"김상우 씨의 증언에 의하면 송백준 씨는 하루가 멀다 하고 김상우 씨에게 전화해 송대식과 연락해 봐라, 의원님께서 돈이 필요하시다고 떠보라고 지시한 적이 있다고 하는데요?"

"그, 그 자식! 그거 다 거짓말이요!"

"그러니까, 송백준 씨는 송대식 씨에게 차명 후원을 하라고 말한 적도, 김상우 씨를 통해 채근한 적도 없단 말입니까?"

"두 번 말해 뭐 하겠습니까? 그렇습니다."

진우는 피식 웃으며 수사자료 사이에서 서류 한 장을 꺼내 송백준의 앞에 펼쳐 보였다.

"이게 뭔지 아십니까?"

"그, 글쎄……."

"김상우 씨가 송대식 씨에게 전달받고 송백준 씨 집 장롱에 넣어둔 현금 상자입니다."

"……."

"장롱 속에서 발견된 5만 원권 다발로 총 2억 원! 송대식이 건넨 자금 아닙니까?"

"……."

송백준은 반박할 거리가 떠오르지 않았는지 아무런 말을 하지 않다가 이내 무언가 떠오른 것인지 진우를 향해 삿대질하며 입을 열었다.

"내, 내 아들이 얼마 전에 결혼했습니다. 축의금 모아둔 거요."

진우는 송백준이 어떻게든 부인하길 원하고 있었다.

"송백준 씨, 당신은 송대식의 위에 있다고 봤지만, 송대식 씨는 그쪽의 생각보다 꽤 똑똑한 사람이더군요."

진우는 사진 한 장을 송백준의 앞에 건넸다.

송백준은 사진의 의미를 모르겠다는 듯 인상을 찌푸렸다.

"송대식 씨가 송백준 씨에게 현금이 담긴 상자를 건네기 전에 찍어둔 사진입니다."

"이게 뭐 어쩌란 말입니까? 이 돈이 내 장롱에서 나왔다는 증거는?"

"사진을 자세히 보시면 아실 텐데요."

진우의 말에 송백준은 사진을 뚫어져라 바라보았다.

"모르시는 눈치니 제가 말씀드리겠습니다. 그 사진에 찍힌 지폐의 일련번호와 송백준 씨 집 안방 장롱에서 나온 지폐의 일련번호가 같았습니다."

진우의 말에 송백준은 당황한 듯 두 눈을 크게 뜨고는 크게 숨을 들이마셨다.

"다! 다 조작이야! 변호사 기자회견 해요! 검찰이 다른 피의자들을 협박해서 사건을 조작했다고!"

진우는 짐을 챙기며 자리에서 일어나며 송백준을 바라보았다.

"송백준 씨, 고맙습니다. 돌이켜 보면 당신이 자진 출두했던 그 순간부터 이 수사의 결과는 정해지지 않았나 싶습니다."

진우는 굳은 표정으로 송백준을 바라보았다.

송백준은 여전히 화가 잔뜩 난 듯한 얼굴로 진우를 바라보고 있었다.

"감방에서는 시간이 참 안 간다고 하더군요. 잠시나마 법 위에 서려고 했던 지난날을 반성하면서 사세요."

진우는 그렇게 말하고는 뒤돌아서서 조사실을 나섰다.

*

[수년간 유흥업소 대표 등을 상대로 수억 원의 불법 정치자금을 수수한 혐의로 검찰의 조사를 받아오던 송백준 의원이 구속기소 되었습니다.

검찰은 오늘 수사를 마치고 송백준 의원을 기소하였다고 수사 발표를 했습니다.

특히, 검찰은 송백준 의원의 자택을 압수수색 하던 도중 장롱에서 발견한 수억 원의 돈뭉치가 유흥업소 대표에게서 나온 증거를 확보했다며 유죄판결에 자신 있다는 이례적인 발표도 하였습니다.

한편, 송백준 의원은 건강이 좋지 않다며 법원에 보석 신청을 하였지만, 재판부는 보석 신청을 기각하였습니다.]

"어휴, 잠시나마 저런 놈을 내가 믿었네."

"어디 자네만 믿었나? 말도 마. 검찰에 먼저 들어가서 죄 없다고 말하던 인간이었는데 나도 깜빡 속았어."

일주일 후, 서울중앙지검 앞에 있는 감자탕집에서는 식사하던 손님들이 텔레비전 뉴스에서 흘러나오는 뉴스를 보며 송백준을 욕하고 있었다.

"다 됐다. 먹자."

진우는 차장검사 이재윤과 함께 감자탕집에서 저녁 식사를 하고 있었다.

"제가 하겠습니다."

"됐어, 인마. 이쁜 놈 고기 큰 거 주려고 한다."

이재윤은 감자탕 냄비에서 진우의 접시로 큰 고기를 덜어주며 웃었다.

"수고 많았다."

"아닙니다. 이번 사건 겪으면서 윗분들께는 정말 면목 없습니다."

진우는 진심으로 미안한 표정을 지으며 이재윤을 바라보았고, 이재윤은 고개를 끄덕였다.

"면목이 없어야지."

청와대에서 이 사건을 덮으라 지시해 왔을 때 덮었어야 했다.

하지만 진우는 그러지 않았고 진우의 윗선들은 여기저기서 괴롭힘을 받으면서도 진우를 지켜주었다.

진우는 그런 선배들을 볼 때마다 마음이 편치 않았다. 그들의 상대가 전관 변호사나 그저 검찰 출신의 정치인이었다면, 진우도 지금같이 큰 미안함을 느끼진 않았을 것이다.

그들이 진우의 수사를 지키기 위해 싸우는 상대는 진우 같은 평검사는 기침 한 번으로 지방 한직으로 발령 낼 수 있는 인사권을 가지고 있었다.

"그래도 이번에 나는 느낀 게 하나 있다."

이재윤은 소주잔을 들었고, 진우는 소주병을 들고 그의 잔을 채웠다.

"이 서울중앙지검 특수부 3차장이라는 직함이 말이야. 생각보다 졸라 힘이 세더라고."

이재윤은 활짝 웃으며 소주잔을 들이켰다.

"아우, 여당이니, 검찰 출신 선배니, 뭐니 하는 인간들이 말이야. 하루가 멀다 하고 사건 덮으라고 연락해 주는데. 차장검사 직함 걸고 한번 해볼까요? 하니까 다들 깨갱거리더라니까?"

"그렇습니까?"

"그래, 내 밑에 특수부가 있고, 공안부가 있는데 어디서 말이야. 중앙지검 차장을 우습게 보고."

이재윤은 마치 개선장군처럼 어깨가 잔뜩 올라가 있었다.

"진우야."

"네, 차장님."

"정말, 정말 수고 많았다. 결과가 이렇게 좋게 나왔으니, 나나 대검에 계신 총장님이나 면이 선 거지, 결과가 엉망으로 나왔어 봐라."

이재윤은 진우에게 진심으로 칭찬하고 있었다.

"이렇게 결과가 나올 거라는 것을 믿었지만, 막상 중간에 흔들릴 때는 잠시 의심하기도 했었어."

"저라도 그랬을 겁니다."

진우의 말에 이재윤은 피식 웃었다.

"수사 끝났는데 이제 뭐 할 거냐?"

"송백준 재판 준비를……."

"그건 다른 방에 넘겨."

이재윤의 명령에 진우는 당황하는 표정을 지었다. 송백준의 재판까지 자신이 마무리하려고 마음먹고 있었기 때문이다.

"송백준은 영악합니다. 제가……."

"진우야, 너만큼은 아니지만, 특수2부 애들 하나같이 다 똑똑해. 우리 조직에서 난다 긴다 하는 놈들만 모아놨다고."

"그건 그렇습니다만……."

"휴가라도 다녀와. 몸 상할까 봐 걱정이다."

진우는 지난 몇 달간 작고 큰 사건을 처리하며 상당히 지쳐 보였다.

"옆에서 보는 사람들이 아슬아슬하다고, 그리고 말이야."

이재윤은 진지한 표정으로 진우를 바라보며 이야기를 이어나갔다.

"아직 수습 덜 끝났어."

어쨌거나 검찰은 청와대에서 내려온 명령에 항명한 상태였다. 결과가 좋더라도 그들은 기억하고 있을 것이다.

"너를 보호하기 위해서니까 1~2주 휴가 다녀와라. 그사이에 다 수습해 둘 테니까. 오늘도 총장님은 법무부 장관이랑 청와대 들어가셨다."

"심각한가요?"

"결과가 좋아서 다행히도 그 정도까진 아니고, 김인호랑 너 지방으로 날리라고 해서 그거 수습 중이셔."

청와대에서는 진우뿐만이 아니라 직속상관인 김인호까지 걸고넘어지고 있었다.

김인호의 이름이 나오자 진우는 더 이상 거절할 수 없었다.

"알겠습니다. 내일 휴가계 제출하겠습니다."

진우의 입에서 확답이 떨어지자 이재윤은 고개를 끄덕였다.

"그래, 잘 생각했어. 휴가 갔다 오면 잘 정리되어 있을 테니까 걱정하지 말고."

이재윤은 그렇게 말하며 웃음을 지었다.

"휴가 때 뭐 할 예정이야?"

“글쎄요⋯⋯ 딱히 할 게 없습니다. 아마도⋯⋯.”

“너 휴가 때 적어도 세 곳 이상 놀러 가서 나한테 사진 제출해.”

“예?”

“서필규가 그러더라고, 너는 휴가 때도 일할 놈이라고.”

진우는 정곡이 찔린 듯 아무런 말을 하지 못했다. 하지만 이내 웃으며 이재윤을 바라보았다.

이재윤이 자신을 걱정해 농담하는 것이라 생각했다.

“알겠습니다.”

“농담 아니다.”

진심이라는 듯한 이재윤의 말에 진우는 당황스러운 표정을 지었다.

“너 세 곳 이상 안 돌아다니면, 진짜 어디 지방 한직으로 보내서 쉬게 할 줄 알아.”

“예⋯⋯ 알겠습니다.”

기가 죽은 진우의 답에 이재윤은 크게 웃으며 감자탕 뼈를 집어 들고 뜯기 시작했고, 진우는 자신 없는 숙제를 떠안은 아이처럼 심각한 표정을 지었다.

*

2013년 12월.

지난 수 개월간 사건의 폭풍을 연달아 겪은 진우는 오랜만에 휴가를 얻었지만, 몸이 이제는 적응한 것인지 아침 일찍 일어나 책상 앞에 앉아 있었다.

"어……."

진우는 책상 앞에 멍하니 앉아 머리를 굴리기 시작했다.

"제대로 놀아본 적이 언제더라?"

이전 삶에서도 제대로 쉰 적이 별로 없는 진우는 어떻게 쉬어야 할지 모르겠다는 얼굴로 의자에 앉아 생각을 정리했다.

그리고 이내 무언가 결심한 듯 노트북을 켜고 마우스를 이리저리 움직이기 시작했다.

"보자, 휴가…… 때 뭐 하나요?"

진우는 타이핑을 할 때마다 한 자 한 자 입으로 내뱉으며 포털사이트에 검색했다.

검색한 내용이 화면에 뜨자 진우는 이 글 저 글을 클릭하며 읽기 시작했다.

[님들은 휴가 때 뭐 하나요? 이번에 일주일 휴가 받았는데 뭘 해야 잘 보냈다고 동네방네 소문이 날까요?]

"오……."

게시글의 질문자는 진우와 똑같은 상황이었는데 진우는

잔뜩 기대하고 댓글 창으로 화면을 내렸다.

ㄴ 뭐 하긴 집에서 밀린 드라마 보고 배달 음식 시켜 먹고 쉴 듯.

ㄴ 222222 그냥 잠만 퍼질러 잘 거 같은데?

ㄴ 어디 다니길래 1주일이나 휴가를 주냐? 부럽다 진짜.

댓글 내용은 진우가 기대하던 것과는 전혀 달랐다.

솔직히 지금이라도 이재윤이 내준 과제만 아니라면 본인도 집에서 밀린 사건기록 보고 배달 음식 시켜 먹고, 금동이랑 놀다가 자는 그런 휴가를 보내고 싶었다.

"미야아-"

진우의 그런 마음을 이해한 것인지 금동이는 날랜 동작으로 책상 위로 뛰어올라 진우의 노트북 위에 자리를 잡았다.

"금동아, 안 돼요. 지금 형은 일생일대의 중요한……."

"미양-"

진우는 노트북 키보드 위에 올라가 있는 금동이를 들어 올리려다가 아련한 금동이의 눈빛을 받고는 금동이의 머리에 얼굴을 부볐다.

"미안하다. 다녀와서 재밌게 놀자."

진우는 그렇게 말하고는 금동이를 바닥에 내려놓았고, 금동이도 진우의 마음을 이해한 것인지 진우의 다리에 몸을 부비다가 밖으로 나가 버렸다.

"질문을 좀 바꿔봐야 하나?"

진우는 각을 잡고 인터넷 게시판에 글을 올리기 시작했다.

[저기 선생님들 휴가 동안 서울에 가 봐야 할 곳이 있습니까?]

진우는 글을 올려두고, 잠시 포털사이트 뉴스 탭을 켜서 뉴스를 보기 시작했다.

한참 심각한 표정으로 이 뉴스 저 뉴스를 읽던 진우는 노트북 화면의 시간을 확인하고 글을 올린 게시판으로 가 자신이 올린 글을 확인했다.

"오, 댓글이 좀 달려 있네."

진우는 기쁜 마음으로 댓글을 확인하기 시작했다.

ㄴ 글쎄, 그냥 한강 둔치에 가서 해 지는 거 보면서 맥주 마시고 싶은데?

ㄴ 2222 다른 게 행복인가? 그게 행복이지.

"좋다. 좋아."

진우는 첫 댓글부터 자신의 취향과 맞는 댓글이 달리자 메모지를 뜯어 열심히 메모하기 시작했다.

ㄴ 나는 만화방 가서 만화나 잔뜩 보고 싶다.

ㄴ 나도 집 앞 피시방이나 갈 거 같은데?

진우도 차라리 그러고 싶었지만, 이재윤에게 잔소리를 들을 것이 뻔했기 때문에 속으로 아깝다고 생각하고는 화면을 내렸다.

ㄴ 사실 서울은 어디를 가나 할 거 많지 않아? 그냥 일단 나서봐! 그것도 나름 재미일 거 같은데?

진우는 드디어 마음에 드는 댓글을 찾은 것인지 환하게 미소를 짓고는 노트북을 덮었다.

"일단 나가볼까? 도전!"

진우는 혼자 그렇게 외치고는 샤워하러 화장실로 발걸음을 옮겼다.

*

-그러니까요! 선배, 일단 택시를 타세요.

"아니, 그러니까 이미 택시를 타고 상수역으로 가자고 했어."

-그래요? 잘하셨어요.

진우는 집에서 나오자마자 혹시나 힌트를 얻을 수 있을까 하고 자신이 가르쳤던 수습검사 박지수에게 전화한 참이었다.

-그러고요, 선배.

박지수는 뭐가 그리도 신난 것인지 각 잡고 진우를 향해 이것저것 얘기하기 시작했다.

진우는 피식 웃음이 나왔다.

-선배, 듣고 계세요?

“그래, 듣고 있어.”

-상수역에 내리시면 바로 상수동 카페 거리가 나와요.

“카페 거리?”

-네! 조금만 걸어 올라가시다 보면 카페 명왕성이라고 있어요.

“명왕성? 이름 독특하네.”

-이름은 독특한데 간판이 작으니까 잘 보셔야 해요. 찾기 어려워요!

박지수는 진우를 향해 당부하듯 얘기해 왔다.

“그래, 알았어. 명왕성에 가서?”

-거기 자몽 타르트가 저엉말! 맛있으니까 꼭 드시구요.

“자몽 타르트? 다른 건…….”

-으응, 안 돼요. 자몽 타르트 꼭 드세요.

“그래, 알았어.”

진우는 마치 자몽 타르트를 먹지 않으면 세상이 무너질 거라 경고해 오는 박지수의 말투에 어쩔 수 없다는 듯 대답했다.

-솔직히 거기 카페긴 한데 디저트가 더 맛있어요. 커피는 대충 아무거나 드셔도 거기서 거기일 거예요.

"그래, 알았어. 상수역 도착했다. 나중에 연락할게. 오늘 정말 고마워, 일 열심히 하고."

-으윽…… 마지막 말씀만 없으셨으면 완벽한 마무리였을 거예요. 휴가 재밌게 보내세요!

진우는 전화를 끊고 택시에서 내려 박지수가 알려준 대로 카페 거리를 걷기 시작했다.

얼마 걷지 않아 작은 건물의 1층에 〈명왕성〉이라고 적힌 간판을 확인하고는 가게의 문을 열고 들어섰다.

"어서 오세요!"

진우가 가게에 들어서자 직원으로 보이는 사람은 반갑게 웃으며 진우를 맞이해 왔다.

"안녕하세요. 자몽 타르트 있나요?"

"아, 마침 하나 남았어요. 드릴까요?"

직원의 말에 진우는 웃으며 대답했다.

"네, 자몽 타르트 하나랑 커피는 뭐가 좋을까요? 귀찮게 해서 죄송해요. 제가 카페를 자주 오는 게 아니라……."

"자몽 타르트가 많이 달아요. 아메리카노 어떠세요?"

“네. 그렇게 해주세요. 아, 아메리카노는 아이스 아메리카노로요.”

밖은 한겨울이었지만, 진우는 당연하다는 듯 아이스 아메리카노를 주문했다.

“준비되면 호출해 드리겠습니다.”

진우는 계산하고는 몸을 돌려 앉을 자리를 찾았다.

마침, 창가 자리에 앉아 있던 커플이 자리에서 일어나는 것이 보였다.

속으로 나이스를 외친 진우는 창가에 자리를 잡고 앉아 사람들이 거리를 걷는 것을 가만히 구경하고 있었다.

“세상 정말 평온하네.”

솔직한 심정으로 지금 이 시간이 너무 행복했다.

처음 이재윤으로부터 과제를 받아 들었을 때만 해도 막막했던 진우였지만, 막상 나와 이렇게 거리를 걷는 사람들을 바라보고 있노라니 마음이 편해졌다.

치열하게 살아왔던 몇 년 만에 맞은 평온한 휴식이었다.

“휴가 복귀하거든 차장님한테 절이라도 해야겠다.”

지이잉-

한참 그렇게 생각하며 웃고 있을 때, 호출 벨이 울리기 시작했고, 진우는 카운터로 가 타르트와 커피를 받은 후 다시 자리에 앉았다.

“사진, 사진.”

진우는 버릇처럼 혼잣말을 내뱉고는 휴대전화를 들어 테이블 위에 올려진 자몽 타르트와 커피의 사진을 찍었다.

그러고는 휴대전화를 내려놓고 나이프로 타르트를 잘라 한입 넣었다.

'윽, 달아.'

입에 들어가자마자 자몽 타르트는 그 존재감을 한껏 표시하기 시작했다. 그래도 진우는 맛이 나쁘지 않은 듯 씩 웃고는 휴대전화를 들어 메신저 앱을 켰다.

'박지수, 박지수…….'

박지수와의 채팅창을 찾아 진우는 사진을 박지수에게 보냈다.

[완전 맛있네. 박 검사 추천 고마워.]

진우는 메시지를 보내자마자 숫자 1이 사라지는 것을 목격했다.

[왁! 선배. 사진도 찍으세여? ㅋㅋㅋㅋ 대박!]

[아, 이게 어떻게 된 거냐면…….]

[에이~ 설명 안 하셔도 됨! 저도 너무 가고 싶어요. 자몽 타르트!!!!!!!!!!!!!!!]

진우는 화면을 가득 메운 느낌표의 향연에 벙찐 표정으로 어떻게 대답해야 할지 고민하다 이윽고 손을 놀리기 시작했다.

[너도 휴가 때 혼자 오면 되겠네.]

상대가 메시지를 확인했다고 알려주는 숫자 1이 사라졌음에도 박지수의 답장이 없자 진우는 고개를 갸웃하고는 휴대전화를 내려놓았다.

"저…… 혹시 현진우?"

한참 창밖을 보면서 커피를 마시고 있을 때 옆에서 자신을 부르는 목소리가 들려와 진우는 반사적으로 고개를 돌렸다.

"맞네! 현진우!"

한 여자가 자신을 바라보며 반갑다는 듯 손뼉을 쳤는데, 진우는 고개를 갸웃하다 이내 생각이 난 건지 환한 표정으로 입을 열었다.

"임윤아?"

"그래!"

진우는 어디서 본 듯한 얼굴이라 생각하고 있었는데, 초등학교 때의 짝이었다.

"와! 진우야! 너무 반갑다."

상대는 진우를 향해 방방 뛰며 양손을 들고 하이 파이브 자세를 취했고, 진우는 반사적으로 양손을 들어 올렸다.

"그러게, 임윤아 정말 오랜만이네."

"이야, 현진우. 서울 사람이 다 됐네, 서울말도 잘 쓰고, 참말로 훤해졌네."

임윤아의 오두방정에 진우는 피식 웃음이 터졌다.

"그런 거 아이다. 서울에서 오래 생활해가 익숙해진 거지. 그나저나 여기서 다 만나고 반갑네."

"여기, 내 가게다."

임윤아의 말에 진우는 놀란 표정을 지었다.

"정말? 아니, 진짜가?"

"그래! 저기 안에서 나오는데 잘생긴 남자가 창가에 앉아 있어서, 한참 쳐다봤더니 어디서 본 얼굴 아이가?"

임윤아는 정말이지 진우가 반갑다는 듯 텐션이 높은 상태로 얘기해 왔다.

"자세히 봤더니 현진우인 거라! 너무 반갑다."

"그래, 내도 반갑다."

"여기는 어째 왔는데?"

"후배가 여기 디저트가 맛있다고 해서. 정말 맛있더라."

진우의 칭찬에 임윤아는 정말 기분이 좋은 듯 웃었다.

"보자, 집에 갈 때 이것저것 좀 싸줄게. 기다려 봐라."

"아니, 윤아야 됐어."

"아이다! 요즘 우리 동창들 연락할 때마다 니 얘기 한다. 공부 그렇게 잘하던 아가 텔레비전 나와서 국회의원이니 누구니 잡았다고 하니까는 다들 놀라지."

임윤아는 기분 좋은 듯 웃으며 진우를 이끌고 카운터로 향했다.

"진우, 니 내가 소풍 때 도시락 줬던 거 잊었나?"

"그걸 어떻게 잊냐? 못 잊지……."

"으흥, 그래? 그럼 앞으로 가게에 자주 와. 여자 친구도 데리고 오고."

임윤아의 말에 진우는 웃으며 고개를 끄덕였다.

"여기 이것들 정말 맛있는 거니까 여자 친구도 가져다주고, 냉장고에 두고 당이 필요할 때, 하나씩 꺼내 먹어라."

"얼마야?"

"현진우! 진짜 이라면 내가 불편하데이."

"내 마음은 편하겠어?"

"자주자주 와서 팔아도! 그러면 되잖아."

진우는 어쩔 수 없다는 듯 임윤아가 건네는 것을 받아 들었다.

"정말 고마워, 카페 여기저기 추천하고 다닐게."

"그래주면 고맙고, 전화번호가 어떻게 되는데?"

임윤아의 물음에 진우는 지갑에서 명함을 꺼내 건넸다.

"이야, 세상 살다가 스타 검사 명함도 다 받아보고, 감개가 무량하네.”

“하하, 스타 검사는 무슨…… 어려운 일 있으면 연락해, 깊게는 도움 주지 못해도 내가 할 수 있는 게 있나 찾아볼게.”

“그래, 참말로 든든하다.”

진우는 웃으며 카페를 나섰고, 임윤아는 그런 진우를 따라나섰다.

“나중에 동창 모임에도 좀 나오고.”

“너희 모여?”

“정식 동창회는 아니고, 그 왜 우리 동네 살던 애들 있잖아. 정식이랑…….”

“김정식!”

“그래, 정식이랑 소연이랑 몇 명이서 가끔 모인다.”

“그래, 알았어. 연락해. 시간 되면 꼭 갈 테니까.”

진우는 그렇게 인사를 했고, 임윤아는 헤어짐이 아쉬운 표정을 지었다.

“진우야, 니가 잘돼서 진짜 다행이다.”

임윤아의 진지한 말에 진우는 미소를 지었다. 그녀의 진심이 느껴졌기 때문이다.

“고마워, 윤아 너한텐 특히.”

“그라면 나중에 성공하거든 우리 가게 얘기 막 하고 다니라!”

“알았어, 자주 올게.”

“그래, 진우야 잘 가고, 연락 자주 하자.”

진우는 임윤아를 향해 손을 흔들고는 뒤돌아서서 걷기 시작했다.

‘아, 행복하다.’

진우는 마음 깊숙한 곳에서 알 수 없는 감정이 계속해서 올라왔다.

등 떠밀리듯 온 휴가에서 정말 오랜만에 행복이라는 감정을 느꼈다.

‘이거 차장님이나 가져다드려야겠다. 지검 살짝 들렀다가 갈까?’

진우는 손에 쥔 디저트 꾸러미를 보며 오늘과 같은 시간을 보낼 수 있게 해준 차장검사 이재윤에게 고마운 마음을 가지고 가벼운 발걸음으로 걸었다.

2014년 1월.

진우는 휴가의 마지막 날을 맞아 서필규와 함께 호프집에서 한 사람을 기다리고 있었다.

“성민 선배, 언제 오신다냐. 우리끼리 먼저 시작하기도 애매하고 말이야.”

“의정부에서 오시다 보니, 좀 걸리시는 것 같습니다.”

"아이고, 맥주랑 치킨 앞에 두고 고사 지내는 것도 아니고 말이야."

서필규는 진우와 한창 얘기하고 있다가 호프집의 문이 열리고 주성민이 들어오자 호들갑을 떨며 자리에서 일어났다.

"아이고, 부장검사님!"

서필규의 호들갑에 진우와 서필규를 발견한 주성민은 웃으며 두 사람을 향해 다가왔다.

"진우랑 필규, 오랜만이다."

"선배님, 정말 오랜만에 뵙습니다."

진우는 자리에서 일어나 주성민의 손을 맞잡았다.

"그래, 나도 오랜만에 내 새끼들 얼굴 보니까 정말 반갑다. 일단 앉자."

주성민의 말에 세 사람은 자리에 앉았고, 모두가 자리에 앉자 서필규는 입을 열기 시작했다.

"선배님, 부장검사가 되셔서 그런지 얼굴이 많이 좋아지셨어요."

"그래?"

"네, 예전에는 진짜 푸석푸석하셨는데 이제야 좀 뭐라고 해야 하나?"

서필규는 그렇게 말하며 진우를 바라보았고, 진우는 살짝 웃으며 입을 열었다.

"그냥, 좀 편해 보이십니다."

진우의 말에 서필규는 연신 고개를 끄덕였고, 주성민은 환하게 웃었다.

"평검사일 때랑 비교해 보면 압박감은 이쪽이 훨씬 심하지. 그런데, 직접 수사를 하지 않아서 그런지 어디를 가도 그런 소리뿐이네."

"잘됐습니다. 정말, 인제 와서야 하는 얘기지만 선배님 부장 승진 못 하실까 봐 얼마나 힘들었는지 아십니까?"

서필규의 말에 주성민은 크게 웃었다.

"하하하, 내가 걱정 안 하는 걸 왜 네가 힘들어?"

"그거야! 제가 선배 줄을 잡았으니까 그렇죠."

"어이고, 서 검사. 언제 철들래? 그래도 말이야, 평검사직 말년에 진우가 들어와서 내가 부장검사직까지 달았으니, 다행이지."

진우는 맥주를 홀짝이다 자신을 보며 웃고 있는 주성민을 바라보았다.

"아직도 가끔 그날이 생각난다. 선배가 선택할 차례라고 말하던 진우의 눈빛이 말이야."

"죄송합니다. 그때는 너무 제가 건방졌……."

"그러라고 한 말 아니야. 덕분에 부장검사직까지 달았다고 칭찬하는 거니까 좋게 받아들여."

주성민의 말에 서필규는 연신 고개를 끄덕이며 웃었다.

"그래, 여기 진우 네 덕 안 본 사람 어디 있냐? 만년 형사부 검사 주성민, 서필규 특수부 검사 직함 달아본 거 다 네 덕이라는 거 모르는 사람 없다."

자신이 아니더라도 두 선배는 언제고 잘 해냈겠지만, 진우는 그저 선배들의 칭찬을 받아들이기로 마음먹고 미소로 답했다.

"그나저나, 진우는 이번에 정말 고생 많았다. 솔직히 이번에는 너라고 해도 힘들 줄 알았어. 내사 기간에 국회의원이 자진 출두하리라고는 누가 예상했겠어?"

"그러니까 말입니다. 옆에서 지켜보는 제 심정은 오죽했겠습니까?"

서필규까지 거들어오자 주성민은 진우를 바라보며 이야기를 이어나갔다.

"이재윤 차장한테 얘기 들었다. 아주 그냥 앞뒤 안 보고 달려들었다며?"

"그런 건 아닙니다……."

"아니긴? 선배, 말도 마세요. 내가 덮자고 했더니 '선배님, 송백준 잡겠습니다'라고 말해오는데, 현 프로 눈을 보는 순간…… 아, 말린다고 해서 들어먹을 눈빛이 아니구나 했다니까요."

서필규의 말에 진우는 피식 웃음을 터뜨렸다.

"어쭈? 웃어? 아주 그냥 선배 잡아먹을 눈빛이었는데."

"그래서, 송백준 공판은 계속 팔로우하고 있나? 아, 휴가 기간이라고 했지?"

주성민의 물음에 진우는 고개를 끄덕였다.

"팔로우는 계속하고 있었습니다."

"휴가라며?"

"하지만, 주임검사기도 하고……."

진우의 말에 주성민은 크게 웃었다.

"정말 현진우 일하는 건 못 말리네. 그래서?"

"송백준 쪽에서는 계속해서 검찰이 표적 수사했다는 걸로 밀고 나올 작정인가 봅니다."

"돈 받은 건?"

"자신은 모른다고 하는 중이고요. 그런데 돈을 준 송대식이나 지역구 보좌관인 김상우가 진술한 것이 법정에서 증거로 채택되었기 때문에 크게 문제는 없을 것 같습니다."

송백준은 여전히 자신이 정치적 피해자라고 법원에서 우기고 있었으나, 증거들이 워낙 탄탄했기 때문에 진우는 걱정하지 않았다.

"구형은 얼마 생각 중이야?"

"지금 사건을 담당하는 주임 검사님의 의견도 중요하겠지만, 저는 기준에 따라 6~8년 정도 보고 있습니다."

"그 정도라면 감형이 되더라도 2~4년은 살다 나오겠네."

"네, 송백준 쪽도 1심에서는 저렇게 우기다가 형량 받고 나면 진지한 반성을 한다면서 감형 쪽으로 고개를 돌릴 거 같습니다."

진우의 답에 주성민은 마음에 든다는 듯 고개를 끄덕였다.

"고생 많았다. 내가 본 검사 중에 제일 적으로 만나기 싫은 게 현 프로 너야."

"칭찬으로 받아들이겠습니다."

"그럼, 칭찬이야."

진우와 주성민이 이야기를 나누는 것을 지켜보던 서필규는 어느 정도 이야기가 끝나자 손뼉을 쳤다.

"자자, 치킨 식습니다. 오늘 저 집에 늦게 들어간다고 말하고 나왔으니까 다들 일찍 들어가실 생각 마시고요!"

"이놈아, 나는 의정부까지 가야 해."

"내일 하루 반차 내시면 되죠! 부장검사인데."

"필규 이놈은 노는 거 좋아해서 크게는 못 될 거야. 진우 너는 필규 따라가지 마라."

"넵, 알겠습니다."

"뭐, 인마?"

진우의 답에 서필규는 진우를 노려보았고, 주성민은 크게 웃기 시작했다.

진우는 오랜만에 편한 선배들을 만나 휴가의 마지막 날을 알차게 보냈다.

“휴가는 잘 보냈고?”

“죄송합니다. 오래 자리를 비운 거 같아서…….”

“그만큼 오래 자리를 지켰잖아?”

다음 날, 진우는 출근하자마자 부장검사 김인호에게 복귀 신고를 하러 간 참이었다.

“남들 다 휴가 갈 때 못 갔으니까, 미안해하지 않아도 돼.”

“그렇게 말씀해 주시니 감사할 따름입니다.”

“감사는 무슨, 그렇게 감사하면 이젠 좀 조용히 지내자.”

김인호는 진우를 바라보며 농담이 섞인 진담을 해오고 있었다.

“우리 중앙지검 특수부가 맡는 일들이 규모가 다 그렇긴 하지만, 가끔 보면 현 프로 너는 너무 아슬아슬해. 줄을 타는 느낌이라고, 내 말 무슨 뜻인지 알지?”

“네, 알고 있습니다.”

“그래, 그리고 인마. 네 몸은 네가 좀 챙겨라. 네가 챙겨야지 누가 챙기냐? 적당히 요령도 좀 부리고.”

김인호는 말을 하다 보니 속 깊은 곳에서 울화가 치밀어 오른 것 같았다.

“저기 멀리서도 현진우가 오는 걸 알 정도라니까. 무슨 좀비가 걷듯이 걸어오는데, 잔말 말고 오늘부터 야근도 좀 줄이고, 우리 부서에서 내가 제일 걱정하는 게 네 건강이야, 인마."

김인호의 말에 진우는 진심으로 미안해져 왔다. 그간 자신이 얼마나 주변 사람들에게 걱정을 끼치는 인물인지 최근 들어 느끼고 있었다.

"휴가 이후에 휴식의 중요함을 깨달았습니다. 그간 걱정 끼쳐 죄송했습니다."

"죄송해야지. 지금이라도 깨달았다니 다행이네, 그래서 오늘부터 뭐 할 거야?"

"큰 사건도 끝냈고, 저희 방 직원들도 힘이 들 테니 당분간은 정보 정리 위주로 할까 생각 중입니다."

"그래, 잘 생각했어. 당분간은 정보들 취합해서 수사했으면 좋겠다는 것만 추려서 보고서 올려."

"네, 알겠습니다."

진우는 자리에서 일어나 김인호를 향해 고개를 숙인 후 부장검사실을 빠져나와 자신의 검사실로 들어섰다.

"검사님, 오랜만에 뵙습니다."

"검사님, 어서 오세요."

진우가 방으로 들어서자 수사관 김현태와 실무관 이민정이 웃으며 진우를 맞이해 왔다.

"김 계장님, 이 실무관님 휴가 잘 보내셨습니까?"

"그럼요. 오랜만에 아주 푹 쉬었습니다."

"저두요. 그래서 그런지 오늘 출근하기가 싫더라구요."

이민정의 말에 진우는 웃으며 자신의 자리로 다가갔다.

"오늘부터는 정시에 퇴근하실 수 있도록 최대한 노력해 보겠습니다."

재킷을 벗어 옷걸이에 건 진우는 김현태를 바라보았다.

"당분간은 정보를 추리는 위주로 업무를 해야 할 것 같습니다."

"그럼 수사 정보과에 좀 다녀올까요?"

"네, 지금은 제가 좀 튀면 안 될 것 같으니 기업체나 금융권 정보 위주로 부탁드릴게요."

진우의 말에 김현태는 무슨 뜻인지 알겠다는 듯 고개를 끄덕였다.

김현태도 듣는 귀와 보는 눈이 있었다.

-너희 영감님 이러다가 한직으로 좌천되는 거 아니냐?

지난 몇 달간, 수사관 동기들은 항상 그와 같은 질문들을 해왔다.

자신도 말려야 되는 게 아닐까 고민했었지만, 김현태 본인이 아니더라도 자신이 모시는 검사가 여기저기서 압박을 받으며 힘들어하고 있을 거라는 걸 알고 있었다.

괜히 한마디 더 보태기 싫어 그의 판단을 믿고 따랐다.

그리고 언제나 그랬듯 자신의 상관은 멋지게 사건을 해결해 냈다.

“대검에서 공문이 왔네요.”

그때, 실무관 이민정이 팩스 서류 한 장을 들고 두 사람을 향해 다가왔다.

“공문요?”

“네. 촬영 협조 공문이라는데…….”

이민정으로부터 서류를 넘겨받은 진우는 짧은 공문을 읽고, 서류를 김현태에게 넘겼다.

“우리 지검에서 드라마 촬영이랑 다큐멘터리 촬영을 한다고 하네요. 당분간은 카메라가 돌아다녀도 최대한 협조하라는 공문입니다.”

최근 검찰은 권태영 체제 이후 이미지 쇄신에 박차를 가하고 있었다. 특히, 드라마 촬영과 영화 촬영에 협조하고 있었다.

“다큐멘터리 72시간이면 유명한 거 아니에요?”

김현태는 공문을 읽어 내려가다 실무관 이민정에게 물었다.

“네! 시청률 보장된 다큐멘터리예요.”

진우는 전혀 들어보지 못한 얘기라는 듯 고개를 갸웃하며 입을 열었다.

“그래요?”

"네, 얼마 전엔 경찰 편이 방송됐었는데, 음…… 경찰서 안을 72시간 동안 촬영하는 거라고 설명해 드려야 할까요?"

"아, 그냥 여기 안의 삶을 보여주는, 뭐 그런 건가요?"

진우의 물음에 이민정은 손뼉을 짝 치고는 연신 고개를 끄덕였다.

"네, 정확해요! 그런데 아무래도 평소에 일반 국민이 접하지 못했던 세계를 보여주다 보니까 인기가 있어요."

"그렇구나…… 뭐, 우리완 상관없는 일이니까 대충 알고만 있으면 될 것 같습니다."

"제가 피디라면 검사님을 제일 먼저 선택했을 텐데요."

김현태의 말에 진우는 의아하다는 눈초리로 그를 바라보았다.

"가만히 따라다니기만 해도 시청률 보장될 사건들이 따라다니지 않겠습니까?"

"하하하, 일 그만 벌이라는 소리로 듣겠습니다."

"제가 감히 어떻게 그런 얘기를 하겠습니까? 전 그럼 정보 받으러 다녀오겠습니다!"

김현태는 그렇게 말하며 검사실을 나가 버렸고, 진우는 그런 김현태의 뒷모습을 보며 웃음을 지었다.

*

“다들 왜 저렇게 얼굴에 생기가 없냐?”

일주일 후, 서울중앙지검 입구에는 작은 방송용 카메라를 든 여러 사람이 서 있었는데, 중앙지검으로 출근하는 사람들의 면면을 살피고 있었다.

“새벽까지 일하는 게 잦다고 하잖아요. 그러니 힘들겠죠.”

“아무리 그래도 그렇지, 이게 오프닝에 죽을상 하고 있는 얼굴들 들어가 봐라, 화면 축축 처져요.”

그들은 다큐멘터리 72시간의 PD와 VJ들이었는데, 마땅한 인물을 찾지 못한 것인지 중앙지검으로 출근하는 사람들을 바라보고 있었다.

“어, 선배. 저기 저 사람 어때요?”

막내 VJ의 말에 PD는 그의 손가락이 가리키는 지점을 유심히 확인했다.

“야, 좋다. 다들 죽어가는 와중에 혼자만 얼굴이 환하네, 얼굴도 잘생겼다. 그림 이쁠 거 같은데 누가 붙을래?”

“제가 붙을게요.”

그렇게 말하며 VJ 한 명이 카메라를 들고 열심히 뛰어갔다.

“안녕하세요?”

VJ가 다가가 인사를 하자 남자는 고개를 들었다.

✻

"안녕하세요?"

평소와 다름없이 출근하던 진우는 자신을 향해 인사해 오는 소리에 고개를 돌렸다.

"어……."

자신에게 인사를 해온 상대는 카메라로 진우를 찍고 있었는데, 진우는 순간 당황해 아무런 반응을 하지 못했다.

"다큐멘터리 72시간 VJ 나형철이라고 합니다. 소개 좀 부탁드려도 될까요?"

진우는 뜸을 들이다 얼마 전 받은 촬영 협조 공문이 생각나 카메라를 바라보며 입을 열었다.

"서울중앙지검 특수2부 검사, 현진우입니다."

"아, 현진우 검사님. 지금 출근하시나 봐요?"

"네, 그렇습니다."

진우가 굳은 자세로 카메라를 의식하자 VJ는 피식 웃으며 진우를 바라보았다.

"카메라 의식하지 않으셔도 됩니다. 검사실까지만 동행할게요."

나형철의 말에 진우는 작게 한숨을 내쉬며 걸음을 걸었다.

"평소에도 이 시간에 출근하시나요?"

"네, 별일 없는 이상 출근 시간은 늘 동일하니까요."

카메라가 진우를 따라다니자, 주변을 걷던 사람들의 시선이 진우를 향했다.

진우는 여러 시선이 자신으로 향하자 부담스러웠지만, 내색하지 않으려는 듯 엘리베이터에 앞에 섰다.

“엘리베이터가 여러 개인데 저쪽은 왜 아무도 기다리시지 않죠?”

나형철은 궁금한 게 많은 것인지 옆쪽에 있는 황금색 문의 엘리베이터를 가리키며 진우를 향해 물었다.

“저쪽은 비상용 엘리베이터라 평시에는 이용하지 않습니다.”

기실, 나형철이 가리킨 엘리베이터는 직원들 사이에서는 일명 ‘황금 마차’라고 불리는 엘리베이터였다.

비상용 엘리베이터이자 중앙지검 간부들만 이용하는 그런 간부용 엘리베이터였다.

검찰청뿐만 아니라 정부 조직의 청사 어느 곳을 가도 저와 똑같은 간부용 엘리베이터가 존재한다.

진우는 사실대로 얘기하면 이미지 쇄신을 위해 방송하는 것에 도움이 되지 않을 테니 대충 둘러대고는 엘리베이터가 도착하자 올라탔다.

띵-

얼마 후, 엘리베이터가 11층에 도착하고 진우가 내리자 VJ는 정말 검사실까지 따라오려는지 진우와 함께 내렸다.

"여기 스크린도어에 출입증 찍으시면 됩니다."

진우가 알려주자 카메라를 들고 있던 VJ 나형철은 목에 걸린 출입증을 들고 스크린도어에 갖다 댔다.

"모든 층에 이런 스크린도어가 있나요?"

"몇 년 전에는 이런 스크린도어가 없었다고 하는데요. 지금은 전 층에 스크린도어가 있습니다."

나형철은 하나하나 설명해 주는 진우가 마음에 드는지 고개를 끄덕였다.

진우는 앞장서서 걷다가 커다란 철문 앞에 섰는데, 나형철은 철문이 나오자 당혹스러운 표정으로 열심히 카메라에 철문을 담기 시작했다.

"철문이네요?"

"네, 특수부 검사실이 있는 복도로 향하기 위해서는 여기 철문을 통과해야 합니다."

진우는 철문의 한편에 있는 도어락에 비밀번호를 입력했다.

쿠웅 하는 소리와 함께 철문이 열리자 나형철은 그 소리까지 담기 위해서 열심히 촬영하기 시작했다.

철문을 통화하고 진우가 자신의 검사실을 향해 앞장서서 걷자 나형철은 궁금한 게 많은 것인지 계속해서 무언가를 물어왔다.

"왜 특수부 검사실은 이렇게 철문을 통과해야 올 수 있을까요?"

"아무래도 저희가 수사하는 상대가 대기업이라든가, 정치인, 이런 부류의 사회적 고위층이다 보니 그만큼 보안이 필요합니다."

"아, 사람들이 함부로 들어올 수 없게 하기 위해서군요."

"그렇죠. 수사가 본격적으로 시작되면 관계자 이외에는 철문이 잘 열리지 않습니다."

"평소에는 그럼……."

"인터폰으로 연락하시면 열어드리죠."

진우는 웃으며 답하고 검사실 문을 열어젖혔다.

"검사님, 어서……."

진우가 문을 열고 들어오자 자리에서 일어나 인사를 하려던 수사관 김현태와 실무관 이민정은 진우의 뒤를 이어 카메라가 들어오자 인사를 하다 말고 굳어버렸다.

"그, 어쩌다 보니 그렇게 되었습니다."

진우는 그렇게 설명하고는 자신의 자리로 갔고, 나형철은 검사실 여기저기를 카메라에 담기 시작했다.

"평소와 똑같이 행동해 주시면 됩니다. 카메라 있다고 의식하지 않아 주셨으면 좋겠어요."

나형철의 말에 진우는 김현태와 이민정을 바라보았는데, 그들의 행동은 장난감 로봇과 같이 삐걱거리는 것 같았다.

“특수부에 관해 소개 좀 부탁드릴게요.”

나형철은 진우의 자리로 다가와 진우를 향해 묻기 시작했다.

“특수부는 말 그대로 특수한 수사를 전담으로 합니다. 고소, 고발 건이 아닌 전국에서 입수한 범죄 정보를 토대로 인지수사를 합니다.”

“사건이 될 정보를 가지고, 수사한다고 이해하면 될까요?”

“네, 정확합니다.”

진우는 웃으며 나형철의 말에 답해줬다.

“자, 회의 시작하죠.”

진우는 어느새 카메라에 적응한 것인지 서류들을 들고 사무실 중앙에 있는 테이블로 향했다.

“이 서류나 회의 내용은 카메라에 담지 않으셨으면 좋겠는데요. 아무래도 저희가 다루는 정보가…….”

“아! 그 부분은 걱정하지 않으셔도 됩니다. 편집할 거고요, 촬영 이후에 대검찰청에서도 확인하실 테니까요. 말씀드렸듯 카메라가 없다고 생각하시고…….”

“네, 알겠습니다.”

김현태가 범죄정보과에서 가져온 정보들을 토대로 회의를 진행하기 시작했고, 한참 시간이 지나 회의가 끝나자 나형철은 드디어 카메라를 내려놓았다.

“정말 감사합니다. 그림 이쁘게 담은 것 같네요.”

만족할 만한 분량이 나온 것인지 나형철은 진우와 검사실 식구들을 향해 웃으며 인사했다.

"우리 검사님 멋있게 나올 수 있도록 잘 부탁드리겠습니다."

김현태는 그동안 나형철이 편해진 것인지 웃으며 손을 건넸다.

"그럼요, 워낙 잘생기셔서 그림이 괜찮을 것 같습니다."

나형철의 말에 김현태와 이민정은 동의한다는 듯 연신 고개를 끄덕였고, 진우도 웃으며 나형철과 인사했다.

그렇게 아침의 한차례 폭풍이 흘러가고, 진우는 평소와 똑같은 오전을 보내고 있었는데, 검사실 문이 열리며 서필규가 들어왔다.

"현 스타!"

"선배님, 오셨습니까? 어……."

진우는 반사적으로 서필규에게 인사를 하다 서필규의 옷차림에 놀랐다.

"선배님, 양복 새로 사셨습니까?"

"그래, 티가 나냐?"

서필규는 마치 새 옷을 자랑하는 어린아이처럼 옷깃을 여미며 진우를 향해 다가왔다.

"예, 멋있네요."

"크, 크흠. 공문 봤지? 방송 촬영 공문."

“네, 봤습니다.”

“아내한테 말했더니 바로 양복부터 사주더라. 혹시라도 나한테 와서 찍어달라고 하면 어쩌냐?”

서필규의 모습에 진우는 속으로 피식 웃음이 나왔다. 평소완 다르게 포마드로 머리를 단정하게 넘긴 서필규의 모습이 낯설었기 때문이다.

“어, 그 방송 아침에 우리 검사실 찍고 갔습니다.”

그때, 진우와 서필규의 얘기를 들으며 커피를 타던 수사관 김현태는 무의식적으로 서필규를 향해 말했다.

“네?”

서필규는 그게 무슨 말이냐는 듯 진우와 김현태를 번갈아 보았다.

“다큐멘터리 72시간이요. 아침에 우리 검사님 찍고 가시더라고요.”

“그, 그래요?”

서필규는 당황한 표정으로 진우를 바라보았고, 진우는 고개를 끄덕였다.

“아침 출근길에 마주쳤습니다.”

“몇 시? 몇 시에 출근했는데.”

“평소랑 똑같습니다. 8시 조금…….”

“그래? 그렇단 말이지. 내일은 일찍 좀 출근해야겠고만.”

서필규는 어떻게든 방송에 출연하고 싶은지 진우를 향

해 노하우를 물어오기 시작했다.

"그나저나, 무슨 일로 오셨습니까?"

"아! 참."

한참 진우를 향해 방송 촬영에 대해 이것저것 묻던 서필규는 진우의 물음에 드디어 본론이 생각난 것인지 씩 웃으며 입을 열기 시작했다.

"오늘 점심때 시간 있냐?"

"시간이야 늘 있죠."

"혹시 체육복 있어?"

"체육복이요?"

"그래, 뭐 편하게 입을 수 있는 거."

"있습니다. 한데 무슨 일로……."

야근이 습관화되었고, 집에 못 가는 날 지검에서 자는 일이 잦았던 진우는 여벌의 트레이닝복을 사무실에 항상 보관 중이었다.

"그거야, 점심 되면 알게 될 테니까. 체육복으로 갈아입고 대기해. 점심시간에 보자!"

서필규는 음흉하게 웃고는 검사실을 나가 버렸고, 진우는 의아한 듯 고개를 갸웃하며 서필규의 뒷모습을 바라보았다.

서울중앙지검의 점심시간은 유난히 바쁘다. 지검 구내 식당에서 밥을 먹는 직원들도 있지만, 대부분 지검 근처에 있는 외부 식당에서 부서별로 밥을 먹기 때문이다.

한 무리의 사람들이 지검 밖을 빠져나가고, 또 열심히 배달 오토바이들이 지검을 드나드는 이때.

중앙지검 한편에 있는 테니스장에선 때아닌 함성이 들려오고 있었다.

"아이고, 지검장님. 정말 협조 감사드립니다."

테니스장 한편에 서 있는 지검장을 향해 다가와 고개를 숙인 남자는 다큐멘터리 72시간의 PD였다.

지검장은 그가 내민 손을 맞잡으며 웃었다.

"하하하, 아닙니다. 우리도 대검에서 방송에 최대한 협조하라는 지시가 내려오기도 했고, 또 이런 모습이 방송에 나간다면 무서운 조직이라고만 생각했던 국민이 우리를 친근하게 볼 수 있지 않겠습니까?"

"아이고, 그럼요. 검사님들이 이렇게 점심시간을 맞아 족구를 하고 계시는 모습을 어디에서 담겠습니까?"

1월의 추위 속에서 난데없는 족구 시합이 테니스장에서 열리고 있었는데, 큰 사건을 맡지 않고 있어 제일 한가한 특수2부와 공안1부의 족구 시합이 열리고 있었다.

"이야, 특수부 검사님들이 검찰의 에이스 아닙니까?"

PD는 이 그림을 위해 신경을 써준 지검장의 비위를 맞춰주기 위해서인지 옆에 서서 입을 잠시도 놀리지 않았다.

"그렇습니다. 수사 에이스들만 모인 부서죠."

"그런데, 공도 정말 잘 차십니다. 저기 키 큰 검사님이 제일 빛나네요."

"아, 저기 저 검사 말입니까? 특수2부 검사 중에서도 에이스입니다."

"오! 에이스 중의 에이스라는 거네요. 나형철!"

PD는 한쪽에서 열심히 족구 시합을 찍고 있는 VJ를 불렀다.

"예, PD님."

"저기 저 검사님 보이지? 키 크고."

"어, 저분 아침에 그분이에요. 현진우 검사님."

"아침에?"

"네, 그 왜 아침 출근길에 선배가, 그 왜……."

"아! 그래. 얼굴이 어디서 많이 봤다 했더니. 저 검사 위주로 좀 찍어봐. 족구도 잘하네."

두 사람의 대화를 듣고 있던 지검장은 뿌듯한 것인지 어깨가 한껏 올라가 있었다.

"저기 저 현진우라는 검사분 저희가 내일부터 붙어서 촬영해도 되겠습니까? 아무래도 특수부가 그동안 대중에 잘 안 알려지지 않았습니까?"

PD는 진우의 모습을 보고 무언가 떠올랐다. 지금 진우의 모습은 자신뿐만 아니라 그 누가 오더라도 흥미가 당기는 완벽한 피사체였다.

말 그대로 시청률을 끌어올려 줄 수 있는 좋은 상품이었다.

"아, 현 검사 말입니까?"

PD의 물음에 지검장은 옆에 서 있는 차장검사 이재윤을 향해 물었다. 지금 족구 시합을 하는 이들 모두가 이재윤 휘하의 부서였다.

"어때? 괜찮겠어?"

"검사장님…… 진우 최근에 큰일이……."

이재윤은 안절부절못하는 표정으로 귓속말을 했는데, 지검장은 무슨 뜻인지 알겠다는 듯 고개를 끄덕였다.

아무래도 이재윤은 지금 진우가 방송을 타는 게 윗선에 안 좋게 보일 거라 생각하는 듯했다.

"아, 이게 특수2부에서 지금 중요한 수사를 앞두고 있다고 하네요. 조금 곤란하지 않나 싶습니다."

"그래요? 정말 안타깝네요……."

지검장의 말에 PD는 그렇게 답하면서도 진우에게서 시선을 떼지 못하고 있었다.

"쓰읍…… 아까운데……."

PD는 혼잣말을 내뱉고는 VJ 나형철을 향해 걸음을 옮겼다. 그러고는 속삭이듯 귓속말을 전했다.

"내일부터 저 현진우라는 검사 마크해."

"마크요? 아까 지검장이……."

"저녁에 지검장이랑 회식이 있는데 내가 책임지고 설득할 테니까, 제대로 그림 뽑아봐."

CHAPTER 2

"안녕하세요? 또 뵙네요."

다음 날 아침 출근길, 나형철은 또다시 카메라를 들고 출근 중인 진우와 마주쳤다.

진우는 자신의 출근길을 방해하는 불청객의 등장에 살짝 의아했지만, 상대가 카메라로 자신을 찍고 있으니 최대한 내색하지 않으려 했다.

"안녕하세요."

"어제는 일찍 퇴근하셨나 봐요."

"네, 그런데 어제 다 찍지 않으셨나요?"

"어제 촬영분 중에 현 검사님과 나눈 대화가 내부 반응이 좋아서요. 오늘 한 번 더 따라가고자 하는데 괜찮으시겠어요?"

"저는 괜찮은데, 이게 정말 저를 따라오시더라도 찍으실

게 있겠습니까?"

진우의 물음에 나형철은 순간 '화면에 검사님만 나오면 됩니다.'라고 반사적으로 대답할 뻔했다.

"그럼요. 그런 일은 저희가 프로니 맡겨주시겠습니까?"

"그럼 평소처럼 그냥……."

"네, 평소와 똑같이 행동하시면 됩니다."

고작 하루였지만, 진우는 방송국 사람들이 지검에 드나드는 게 여간 귀찮은 일이 아니었다. 어제는 한겨울에 테니스장으로 단체로 불려 나가 족구까지 했다.

진우는 어쨌거나 이미지 쇄신이라는 대의명분에 동참해야 할 의무가 있는 조직원이었기 때문에 내색하지 않으며 잰걸음으로 검사실을 향해 걸어갔다.

"검사님…… 오늘도 저분이 오셨네요."

진우가 검사실로 들어서자 수사관 김현태는 진우의 곁으로 다가와 속삭이듯 말했다.

"협조하라는 공문만 생각하시죠."

"네, 알겠습니다."

"부장님께 보고드리고 오겠습니다."

진우는 그렇게 재킷을 벗어 옷걸이에 걸고는 서류를 챙겨 부장검사실로 향했다.

"어서……."

진우가 부장검사실로 들어서자 반갑게 인사하려던 부장

검사 김인호는 진우와 함께 들어서는 카메라를 보고는 놀란 표정을 지었다.

"다큐멘터리 72시간 VJ분인데, 저를 촬영하신다고 하네요."

"너를?"

"네."

김인호는 미간을 잔뜩 찌푸리며 VJ를 바라보다, 진우의 곁으로 다가와 작은 소리로 이야기를 이어나갔다.

"현 프로, 지금 네가 방송에 나오면 BH에서도 볼 텐데…… 내 말 무슨 의미인지 알겠어?"

김인호의 말에 진우는 대답 대신 고개를 끄덕였다.

아무래도 최근 송백준을 잡으며 항명을 한 것을 진우의 윗선에서는 걱정하는 듯했다.

진우가 고개를 끄덕이자 김인호는 나형철을 바라보며 굳은 표정으로 입을 열기 시작했다.

"특수2부 부장검사 김인호입니다. 혹시 촬영에 대해 결정권을 가지신 분입니까?"

"저 말이신가요?"

나형철은 김인호의 표정에 잔뜩 쫄아 되물었다.

"네. 지금 촬영에 대해 할 말이 있어서 그런데."

"아, 1층에 PD님 계십니다."

"그럼 지금 연락할 수 있으십니까? 촬영은 잠시……."

김인호의 말에 나형철은 카메라를 내려두고는 휴대전화를 들어 어디론가 통화를 하기 시작했다.

잠시 후, 나형철의 호출을 받은 다큐멘터리 72시간의 PD가 부장검사실로 들어왔다.

"저를 찾으셨다 들었습니다."

"촬영에 대한 결정권을 가지신 분입니까?"

"네, 제가 책임자입니다."

김인호는 굳은 표정으로 PD를 바라보았다.

"최대한 촬영에 협조하라는 연락을 받았습니다만, 저기 현 검사가 지금부터 꽤 중요한 수사를 시작합니다. 지금 저와 나누는 대화도 그 수사에 관한 거고요."

"아…… 그렇습니까?"

김인호의 말에 PD의 표정은 급속도로 굳어갔다.

PD는 전날 저녁 지검장과의 식사 자리에서 현진우라는 검사를 촬영하게 해달라고 최대한 설득했지만, 그 자리에 함께한 지검장과 차장검사 모두가 거절했음에도 불구하고 촬영을 강행한 참이었다.

"네, 외부에 유출되면 안 되는 정보들이 있어서요. 특수수사라는 게 그렇습니다. 양해 좀 부탁드리겠습니다."

"저희 방송이 2주 후에 나가는데도 곤란할까요?"

"네, 장기적인 수사가 될 것 같습니다."

김인호의 말에 PD는 곤란한 표정을 지었다. 어제 촬영분을 보고 방송국 윗선에서도 진우의 촬영 분량을 늘렸으면 좋겠다고 의견을 건네왔기 때문이다.

하지만 부장검사까지 나서서 이렇게 얘기해 온다면 더 이상 촬영을 계속할 명분이 없었다.

"네, 알겠습니다. 그럼 촬영 접도록 하겠습니다."

"고맙습니다."

PD와 부장검사 김인호의 대화를 지켜보던 진우는 PD를 향해 조심스럽게 입을 열기 시작했다.

"혹시…… 저 말고 다른 검사 한 분 추천해 드려도 될까요? 저보다 훨씬 재미있으신 분입니다."

진우의 제안에 PD의 얼굴에는 방금까지 자리 잡고 있었던 어둠이 걷히고, 환한 미소가 들어서기 시작했다.

*

"삼촌!"

보름 후, 진우는 서필규의 초대를 받아 그의 집에서 저녁을 함께하기로 했다.

진우가 집으로 들어서자마자 서필규의 딸 채은이가 진우에게 다가와 안겼다.

"채은이 오랜만이네? 삼촌 안 보고 싶었어?"

"보고 싶었어!"

채은이의 말에 진우는 활짝 웃으며 손에 들고 있던 커다란 선물을 채은이에게 건넸다.

"삼촌도 채은이가 보고 싶었어. 이건 채은이 선물. 유치원에서 착한 어린이 상 받았다면서?"

"응. 헤헤."

진우가 건넨 선물에 정신이 팔린 채은이는 진우의 물음에 대충 대답하고는 커다란 선물 상자를 들고 안으로 쌩 들어가 버렸다.

진우는 미소를 지으며 그 모습을 바라보고 있었다.

"진우 씨, 어서 오세요."

"형수님, 잘 지내셨죠?"

"그럼요. 저야 늘 잘 지내죠. 진우 씨는 괜찮죠?"

서필규의 아내 김소연은 그간 진우의 소식을 서필규에게 전해 들은 것인지 진우를 향해 조심스레 물어왔다.

"그럼요. 필규 선배 덕분에 저는 늘 괜찮습니다. 선배 안에 계세요?"

"네, 들어오세요."

"그럼, 실례하겠습니다."

집 안으로 들어가자 맛있는 냄새가 진동했는데, 서필규는 콧노래를 부르고 있었다.

"선배."

"어, 그래. 왔냐? 타이밍 잘 맞췄네."

서필규는 진우를 향해 인사를 하고는 냄비를 들고 거실에 있는 상으로 향했다.

"좀 도와드릴까요?"

"그럴래? 그럼 와인잔이랑 식기 좀 챙겨."

서필규의 말에 진우는 손을 씻고는 서필규를 거들기 시작했다.

한참 상을 차리고 나니 서필규는 뿌듯한지 어깨가 한껏 올라가 진우의 등을 두드렸다.

"이게 다 이 선배의 따뜻함이 담긴……."

"진우 씨, 저거 거짓말이야. 방금 끓인 버섯 전골만 채은이 아빠가 한 거지 나머진 다 내가 했어요."

서필규는 김소연의 말에 헛기침하고는 자리에 앉았다.

"자자, 앉자."

"고생 많으셨어요. 제가 온다고 해서……."

"너 때문이 아닌데?"

서필규는 수저를 들어 음식을 짚다 말고는 무슨 소리냐는 듯한 표정으로 진우를 바라보았다.

"너 때문 아니라. 저거 때문이야."

서필규는 그렇게 말하며 손가락으로 TV를 가리켰는데, 다큐멘터리 72시간 방영 전 광고가 시작되고 있었다.

"아휴, 진우 씨, 말도 말아요. 보름 전부터 오늘 자기가 TV에 데뷔한다고 동네방네 떠들고 다녔다니까."

김소연의 말에 진우는 그런 서필규의 모습이 떠올라 피식 웃음이 터져 나왔다.

"진우 씨가 저이 추천했다면서요?"

"네, 선배가 워낙 재밌으시고, 방송인들이 좋아하는 이미지잖아요."

"아닐 거 같은데……."

진우의 말에 김소연은 고개를 가로저으며 이야기를 이어나갔다.

"저이는 한 이불 덮고 사는 제가 잘 아는데 판 깔아주면……."

"시작한다!"

서필규의 말에 모두의 시선이 TV를 향했는데 방송이 시작되고 있었다.

서울중앙지검을 건물을 비추며 시작되는 방송의 첫 오프닝에는 VJ가 진우와 인사를 하는 장면이 나왔다.

"와, 진우 씨. TV로 봐도 잘생겼다, 정말."

"그, 그러게……."

김소연의 말에 서필규는 떨리는 듯한 표정으로 진우를 바라보았다.

"다른 사람들 다 축축한 표정으로 출근하는데, 어떻게 혼자서 저렇게 얼굴이 밝냐?"

"아…… 제가 휴가를……."

"휴가 문제가 아니라, 조금 샘나는데……."

TV 화면에는 진우가 능숙하게 VJ와 대화를 하며, 특수부가 위치한 층을 설명하는 장면이 나왔다.

진우 특유의 설명충 기질이 한껏 발휘되는 장면이었다.

편집도 아주 깔끔하게 했는데, 특수부 복도의 철문이 쿠웅 하고 닫히는 장면을 클로즈업하며 특수부가 왜 저승사자라 불리는지 알 것 같은 연출이 가미되었다.

"저 철문 말이야. 피의자들한테 들어보니까 저 쿠웅 하고 닫히는 소리가 그렇게도 심적으로 압박이 된다더라고."

서필규는 자신의 아내인 김소연을 향해 설명했다.

"그래요?"

"응. 다시는 못 나갈 거 같은 느낌이 든다나?"

서필규의 설명에 김소연은 고개를 끄덕였다. TV 화면에서 나온 육중한 철문이 닫히는 소리는 자신도 무섭게 느껴졌으니까.

그렇게 진우의 차례가 지나가고 화면은 다른 부서로 넘어가 검사뿐 아니라 서울중앙지검에서 일하는 여러 사람의 시점에서 하루를 보여줬다.

"어! 나온다. 나온다!"

서필규의 호들갑과 함께 화면에는 서필규의 출근길 모습이 잡혔는데, 진우는 웃음을 참을 수가 없었다.

평소보다 신경 써서 넘긴 머리하며 과장된 걸음걸이가

보였기 때문이다.

"여, 여보…… 긴장했니?"

"아니? 왜?"

"아니야……."

김소연은 화면에서 비치는 서필규의 모습이 평소완 다르게 너무도 부자연스러워 보였다.

"채은아, 아빠 멋있지 않냐?"

서필규는 자신의 모습이 하나도 이상하다고 못 느끼는 것인지 크게 떠들며 TV를 바라봤다.

"하하하, 야 진우야, 이 선배 잘 나오지 않았냐?"

서필규는 대답은 필요 없다는 듯 TV 속의 자신의 모습에 빠져 헤어 나올 줄을 몰랐다.

진우는 그런 서필규의 흥을 깨고 싶지 않아 웃으며 그의 말에 공감했다.

잠시 후, 서필규가 나온 장면이 지나가자 서필규는 휴대전화를 꺼내 들었다.

"아, 이 선배의 모습을 본 건지 벌써 문자들이 장난 아니다야."

서필규는 진우를 향해 휴대전화 화면에 가득한 메시지 알림들을 보여주며 어깨를 으쓱하고는 메시지를 확인하기 시작했다.

그러고는 이내 표정이 굳어가기 시작했다.

서필규의 아내 김소연은 메시지 내용이 짐작 가는지 진우를 보며 웃었고, 진우도 살짝 고개를 끄덕였다.

"아, 이거 참 다들 잘 봤다고 난리네. 하하."

금방까지 표정이 굳어 있던 서필규는 마치 아무렇지 않은 듯 하하 웃으며 진우와 김소연을 향해 말해왔다.

"그래? 내가 봐도 정말 멋있더라. 우리 여보."

"저, 정말이야?"

"그럼! 내가 사준 옷인데 정말 잘 어울리던데?"

"진우 너는 어땠냐?"

"저는 늘 보던 선배님의 모습과 같이 멋있게 느껴졌습니다."

진우까지 그렇게 말하자 서필규는 조금 전까지 죽어갔던 표정은 온데간데없이 환하게 웃으며, 채은이를 바라보았다.

"채은아, 아빠 멋있어?"

"응."

채은이는 진우가 선물한 장난감을 가지고 노느라 건성으로 대답했지만, 서필규는 상관없다는 듯 자리에서 벌떡 일어나 어깨를 으쓱였다.

"아, 오늘 진우 우리 집에서 자고 가라. 이 선배가 너무 기뻐서 10년 된 인삼주 까야겠다."

서필규는 그렇게 말하며 주방으로 가버렸고, 진우와 김소연은 그 모습을 보고 누가 먼저랄 것도 없이 웃음을 터뜨렸다.

*

2014년 2월, 어느덧 겨울이 가고, 봄의 시작이라는 입춘이 지나자 이른 봄의 기운이 찾아왔다.

진우는 평소와 다름없이 아침 일찍 출근하고 있었는데, 이틀 전 방송에 나간 다큐멘터리 72시간의 여운이 아직 끝나지 않은 것인지 진우를 아는 사람마다 메시지를 보내오고 있었다.

[선배!!!!!!!! 방송 완전 잘 봤어요! 진짜 설명 잘하시던데요? 근데 좀 웃으시지!]

[현 프로, 방송 잘 봤다. 우리 직원들이 정말 나랑 친한 친구가 맞냐고 후배 검사가 물어오더라.]

[진우야! 화면발 진짜 잘 받던데? 친구들이랑 술 마시고 있었는데, 네 자랑 엄청나게 했다.]

박지수부터 동기인 남경진, 그리고 오랫동안 연락이 없었던 대학 동기들까지 메시지를 보내왔다.

진우는 차근차근 한 명씩 답장해 주며 걷고 있었고, 어느덧 진우의 걸음은 검사실 문을 열어젖히고 있었다.

"좋은 아침입니다."

"검사님, 어서 오세요!"

수사관 김현태와 실무관 이민정이 진우를 맞이해 왔는데, 그들은 진우를 초롱초롱한 눈으로 바라보고 있었다.

"무슨 일 있습니까?"

"무슨 일이 없을 리가 있겠습니까? 검사님이 TV에 너무 멋있게 나와서 그렇습니다."

"하하하, 그만 하세요. 그렇지 않아도 주말 내내 시달리다 못해, 조금 전까지 답장하느라 진땀 흘렸습니다."

진우는 두 사람을 보며 봐달라는 듯 얘기했다.

"저는 부모님이랑 같이 봤는데요, 저희 부모님께서는 좋은 분 밑에서 일을 하는 거 같아 다행이라고 하셨어요."

실무관 이민정은 꼭 해야겠다는 말인 듯 진우를 향해 말해왔고, 진우는 살짝 고개를 숙였다.

"더 좋은 사람이 되어달라는 말씀으로 듣겠습니다."

따르릉-

진우가 자리에 앉자마자 기다렸다는 듯 책상 위에 있는 전화가 울리기 시작했다.

"특수2부 검사 현진우입니다. 네, 지금 바로 가겠습니다."

진우는 수화기를 내려놓고 자리에서 일어나 다시 재킷을 챙겨 입었다.

"부장님 호출인가요?"

"네, 긴급 호출이라는데 무슨 얘기 하실지는 가 봐야 알 것 같습니다. 다녀오겠습니다."

진우는 그렇게 인사하고는 검사실을 나서서 부장검사실로 향했다.

똑똑-

"들어와."

방 안에서 들어오라는 소리가 들리자, 진우는 문을 열고 김인호의 방으로 들어섰는데, 김인호는 자신의 자리가 아닌 소파에 앉아 진우를 기다리고 있었다.

"부르셨습니까?"

"앉아. 할 얘기가 있어서 불렀어."

진우가 자리에 앉자마자 김인호는 서류 뭉치를 진우에게 건넸고, 진우는 의아한 표정으로 김인호를 바라보았다.

"외사外事부에서 우리한테 협조 요청 보낸 수사인데. 일단 읽어봐."

김인호의 말에 진우는 서류를 들고 읽어 내려가기 시작했다.

"미국 연방 검찰이 수사 중인 건인데, 우리 검찰에 수사 협조 요청이 왔다. 그런데 외사부에서는 지금 다른 사건을 수사하느라 여력이 없는 거고, 특수1부에서도 지금 건설사 담합 건 조사하느라 여력이 없으니 우리 부서에 왔는데 말이야."

김인호는 걱정이라는 눈치로 진우를 바라보았다.

“우리 부서에서도 지금 수사가 없는 사람은 너뿐이네.”

김인호가 건넨 서류는 미국연방 검찰이 국내 시중은행을 조사한다는 서류였다.

보통 이런 일들은 해외 수사를 담당하는 외사부에서 맡는 일이지만, 수사 여력이 없는 듯했다.

“이란의 자금을 중국 돈세탁 조직이 세탁을 하는 데 우리나라 시중은행을 이용했다는 겁니까?”

“그래, 우리나라뿐 아니라 동아시아에 있는 은행들을 이용한 것으로 보인다. 어쨌거나 이란은 지금 제재 중이니 미국 재무부랑 연방 검찰에서는 이걸 조사한다는 거고.”

“우리에게 협조 요청이 들어온 건…….”

“은행 쪽에서 돈세탁 조직과 결탁한 부분이 있냐 없느냐겠지.”

김인호의 말에 진우는 잠시 생각에 잠겼다. 수사 결과에 따라 외교적인 마찰이 있을 수도 있는 건이었다.

“윗선에서는…….”

“아무 말 없어. 아무래도 미국 재무부랑 연방 검찰에서 협조 요청 들어온 건이라, 이래라저래라 명령은 못 할 테니까. 어때? 해볼래?”

“네, 제가 한번 해보겠습니다.”

진우의 답에 김인호는 그럴 줄 알았다는 듯 피식 웃음을 터뜨렸다.

“너는 거절이란 걸 안 하는구나?”

“혹시 거절했어야 했었습니까?”

“그런 건 아니고, 조금 걱정이 되는 것도 사실인데. 뭐 나도 이런 건은 네가 하는 게 맞는 거 같다.”

김인호는 이 건을 진우에게 내밀면서도 걱정을 하고 있었다.

워낙 앞뒤 가리지 않고 특유의 수사력으로 모든 걸 밝혀내는 진우의 모습에 든든하다 느끼면서도 늘 마음 한편에는 걱정이 자리 잡고 있었다.

특히 특수부라는 조직 자체가 정권의 영향력에서 벗어날 수 없는 조직이기 때문에 더더욱 그런 심정이었다.

“한 가지 약속하면 하게 해줄게.”

김인호의 말에 진우는 의아한 표정으로 그를 바라보았다.

“약속이요?”

“그래, 이번에는 적당히 윗선 눈치도 좀 보기로 약속해.”

“그…….”

진우는 말문이 턱하고 막혔다. 김인호가 저런 말을 해오는 이유를 알 것 같았지만, 수사를 하다 보면 방향이 어디로 튈지는 진우도 장담하지 못했기 때문이다.

“약속은 힘드냐?”

“최대한 자제하겠습니다.”

진우의 약속에 김인호는 뭐 이런 놈이 다 있느냐는 듯한 표정으로 진우를 바라보았다.

"진짜 검사 생활 18년 만에 너 같은 놈 처음 본다. 때로는 눈치 있게 행동하면서도 수사에만 들어가면 앞뒤 안 가리는 놈도 처음이고."

김인호의 말에 진우는 뒤통수를 긁적였다.

"제가 그랬나요?"

"아니야?"

"아닙니다. 그랬던 것 같습니다."

"어쨌거나 이거 가져가. 처음부터 약속할 거라고 생각은 하지 않았어. 그저 내가 이런 심정이라는 거 조금이라도 네가 알면 그렇게 행동하지 않겠지 싶어서 한 말이니까."

"죄송합니다."

진우의 말에 김인호는 자리에서 일어나며 피식 웃었다.

"다음부턴 그 말을 제일 먼저하고. 자, 그거 들고 가서 수사 계획서 짜고. 보자, 오늘이 월요일이니까 수요일에 차장님 앞에서 보고 가능해?"

"네, 열심히 해보겠습니다."

진우 또한 자리에서 일어나 김인호를 향해 고개를 숙였다.

"수요일 보고로 픽스 해둘 테니까. 그때 보자고."

"네, 그럼 나가보겠습니다."

진우는 김인호를 향해 인사하고는 부장검사실을 빠져나

왔다.

'부장검사님이 저런 말씀 하실 정도면 그동안 많이 힘드셨나 보네…….'

진우는 김인호가 웃으며 얘기해 왔지만, 자신을 보호하느라 윗선들이 그간 얼마나 힘들게 지냈는지는 익히 들어왔기 때문이다.

'제발 이번 일은 그냥 좀 편하게 갔으면 좋겠네.'

진우 본인도 진심으로 그것을 바라고 있었다. 이번 일은 제발 별일이 없길 바라며 진우는 휴대전화를 꺼내 들고 익숙한 이름을 찾아 통화 버튼을 눌렀다.

"강혜인 조사관님, 잘 지내셨습니까? 현진우입니다."

*

진우는 부장검사실에서 나오자마자 지검을 떠나 종로에 위치한 서울지방국세청으로 찾아왔다.

국세청 맞은편의 커다란 카페의 2층에서 약속 상대를 기다리며 서류를 보고 있던 진우는 테이블 위에 음영이 지자 고개를 들었다.

"현 검사님, 오랜만이에요."

상대의 인사에 진우는 웃으며 자리에서 일어났다.

"강 조사관님, 정말 오랜만이네요."

진우가 손을 내밀자 강혜인은 진우의 손을 맞잡았다.

강혜인은 지난 방산비리 합동조사단에서 함께한 동료였다.

진우는 오랜만에 만난 강혜인이 반가웠다.

"그동안 잘 지내셨습니까?"

"일단 좀 앉아도 될까요?"

"아, 참. 죄송합니다."

강혜인의 말에 진우는 앉으라며 손짓을 했고, 강혜인은 자리에 앉았다.

"죄송합니다. 바쁘신데 불러낸 건 아닐지 모르겠습니다."

"아니에요. 최근에 큰 세무조사가 있긴 했는데, 끝마치고 조금 널널한 상황이에요."

"다행입니다. 다름이 아니고, 합수단 때 강 조사관님이 돈세탁 전문 조사관이라는 소리를 얼핏 들었던 거 같아서요."

"와, 현 검사님 기억력도 좋으시네요. 민 경위님이랑 얘기하면서 흘리듯 얘기한 거 같은데요."

"직업병인 것 같습니다."

진우의 말에 강혜인은 커피를 한 모금 마시고는 진우를 바라보았다.

"그래서 오늘 저를 보자고 하신 것도 돈세탁 문제일까요?"

강혜인의 물음에 진우는 주변을 둘러보았는데, 한창 업무 시간이라 그런지 카페 2층에는 사람이 얼마 없었다.

"네. 얼마 전에 두바이에서……."

"중국 돈세탁 조직이 잡힌 건 말하는 거죠?"

강혜인이 자신의 말을 가로채 대답하자 진우는 웃으며 고개를 끄덕였다.

강혜인은 전문가답게 소식에도 밝은 것 같았다.

"그 조직에서 국내 시중은행을 이용해 이란의 자금을 달러로 세탁해 준 것 같습니다."

"그래요? 원화 결제 시스템을 이용했겠네요?"

"정확합니다."

"그래서 검사님이 알고 싶으신 것은 뭐죠?"

"이 조직이 원화 결제 시스템을 이용해 바꾼 달러를 해외로 빼돌리는 과정에서 한 돈세탁 방법에 대해 알고 싶습니다. 알아야 편할 거 같아서요."

진우의 말에 고개를 끄덕이던 강혜인은 가방에서 메모지와 볼펜을 꺼내 무언가 그림을 그리기 시작했다.

"보통 외화로 돈세탁을 하는 것은 아주 간단해요."

강혜인은 진우의 이해를 돕기 위해서인지 메모지에 그림을 그리며 이야기를 이어나갔다.

"한 사람이 범죄로 돈을 엄청나게 벌었다고 치죠. 돈을 자유롭게 쓰기 위해서 하는 것이……."

"돈세탁이죠."

"맞아요. 예를 들어 영국에 유령 회사를 하나 차리는 거예요. 음, 뭐가 좋을까요? 치킨 프랜차이즈 업체를 차렸다고 합시다."

진우는 강혜인이 그리는 그림에 집중하기 시작했다.

"그럼 두바이에 똑같이 생닭 공급 업체를 가장한 유령회사를 세워요."

"둘 사이에 거래를 만드는군요?"

"정확합니다. 각각 영국과 두바이의 은행에 계좌를 만드는 거죠. 두바이의 생닭 공급 업체는 영국의 치킨 프랜차이즈에 100만 달러어치의 생닭을 공급한다는 가짜 청구서를 발행합니다. 물론 생닭이 오가는 일은 없을 거고요."

강혜인은 진우가 이해하기 쉽게 설명해 나가고 있었다.

"이때 이 대금을 영국의 은행과 두바이에 있는 은행은 직접 돈을 주고받을 수 없어요."

"달러여서요?"

"네. 영국과 두바이에 있는 은행은 미국의 중개 은행에 개설한 계좌가 있습니다. 이 미국 은행은 전 세계에 있는 은행들이 달러로 거래할 수 있도록 대리해 주는 중개 은행들인 거죠."

진우는 강혜인의 설명에 머릿속으로 그림을 그리기 시작했다.

"미국에 있는 은행은 생닭 공급 가짜 청구서를 달러로 거래될 수 있도록 중개를 해주는데 전 세계를 무대로 거의 매일 수천조 달러가 거래된다고 보면 되고요."

"확실히 걸러내기가 힘들겠네요."

"대부분은 그렇긴 한데 만약 미국의 은행에서 둘 사이에 거래되는 돈에 의문을 가지면 어떻게 될까요?"

"글쎄요, 거래를 차단하지 않을까요?"

진우는 자신의 상식선에서 답을 했고, 강혜인은 피식 웃었다.

"그럴 수도 있겠네요. 하지만 대부분은 거래를 승인해 줍니다."

"문제가 있다는 걸 알면서도요?"

"네, 중개 수수료가 있으니까요."

"그럼…… 미국 당국의 제재는……."

"좋은 질문이에요."

강혜인은 진우의 반응에 설명할 맛이 난다는 듯 계속해서 이야기를 이어나갔다.

"돈을 그대로 보내고, 사후 당국에 보고를 하면 됩니다."

"놀랍네요."

"의심거래보고서(SAR)를 제출하면 은행은 할 일을 다 한 거나 다름없습니다. 수상한 거래를 보고하지 않으면 처벌받을 수가 있으니까요."

진우는 절로 한숨이 나왔다.

분명 문제가 있는 자금이 거래되는 것을 알면서도 은행

들은 수수료를 받고 사후보고를 하는 방식으로 돈세탁을 묵인하고 있는 거나 다름없었다.

"검찰 외사부가 아닌 특수부에서 맡을 만큼의 큰 돈세탁 문제가 있나 보네요?"

"죄송합니다. 수사 중이라 말씀드릴 수 없는 점 양해 부탁드려요."

"당연하죠. 저도 비슷한 업무에 있다 보니 현 검사님 마음 이해할 수 있어요. 오늘 제가 도움이 되었나요?"

"물론입니다. 나중에 제 도움이 필요하실 때 꼭! 연락해 주십시오. 모든 도움을 드리도록 하겠습니다."

"꼭 도움 주셔야 해요?"

진우와 강혜인은 웃으며 자리에서 일어나 손을 맞잡았다.

"저는 그럼 이만 들어가 볼게요."

"강 조사관님 덕분에 사건에 대해 이해하기가 쉬워졌습니다. 정말 감사드려요. 안녕히 들어가세요."

진우는 강혜인과 인사를 마치고 카페를 빠져나와 지검으로 향했다.

*

"자, 그럼 우리 현 프로가 맡은 새로운 사건에 대해서 들어볼까."

이틀 후, 진우는 차장검사실을 찾아 이재윤에게 수사 계획서를 보고하고 있었다.

이재윤은 외부 일정을 마치고 차장검사실로 들어서며 진우의 어깨를 두드려 주고는 자리에 앉았다.

"시작하자."

부장검사 김인호의 말에 진우는 화면에 수사 계획서를 띄웠다.

"지난 2010년부터 2013년 8월까지 중국 돈세탁 조직이 국내에 페이퍼 컴퍼니, 즉 유령 회사를 세워두고 이란의 자금을 달러로 돈세탁을 한 정황이 있었고, 이를 파악한 미국 연방 검찰에서 협조 요청이 온 사건입니다."

진우가 그렇게 보고를 시작하자 이재윤은 진지한 표정으로 화면을 주시하기 시작했다.

"차장님께서도 아시다시피, 이란은 현재 유엔의 안전보장이사회와 미국 의회에 의해 통과된 경제 제재를 받고 있습니다. 유럽 연합 또한 이란에 대한 경제 제재를 하고 있고요."

진우는 화면을 넘기며 계속해서 설명을 이어나갔다.

"우리나라 또한 미국의 제재 요구에 동참, 이란과의 달러화 거래를 모두 중단했습니다. 하지만, 이란과의 수출입 문제가 있으므로 독자적으로 선진은행과 한성은행에 수출입 대금을 원화 결제로 할 수 있도록 원화 결제 시스템을 열어두었습니다."

"원화 거래?"

"네, 예를 들자면 선진은행에 이란 원화 결제 계좌가 있습니다. 이란에서 원유를 사 오는 기업은 그 계좌에 원화로 수입대금을 송금합니다. 그리고 그 돈을 이용해 이란 측은 필요한 물품을 국내에서 원화로 사서 가져가는 거죠."

"음, 달러로는 거래를 못 하지만, 우리는 원화로 값을 치르고, 이란에선 우리나라에서 물건을 사 갈 때 원화로 결제를 한다 이 말이군?"

"네, 정확합니다."

이재윤이 모든 걸 이해하자 진우는 화면을 뒤로 넘겼다.

"이 시스템을 악용하여 국내 시중 은행을 이용, 돈세탁을 한 중국 돈세탁 조직이 6개월 전, 두바이에서 당국에 의해 체포, 미국 재무부는 돈세탁 조직과 관련 조사를 미연방 검찰에 요구했습니다."

"미연방 검찰은 돈세탁 조직을 조사하다가 우리나라 시중 은행이 이용된 걸 확인한 거고?"

"그렇습니다."

"우리나라 시중 은행을 어떻게 이용한 거야?"

이재윤의 물음에 진우는 화면을 넘겼다.

"검은 머리 외국인인 데릭 리는 영등포에 있는 오피스텔에 인트리라는 중개무역 회사를 설립, 오피스텔 1층에 있는 선진은행에 회사 계좌를 만들었습니다."

진우의 설명에 이재윤과 김인호는 화면에서 눈을 떼지 못했다.

"이란의 건설업체에서 건축자재를 사달라고 이 인트리라는 기업에 요청, 인트리는 두바이에 있는 건축자재 기업에 철근을 사들였습니다."

"그러니까, 이란의 건설업체에서는 달러 결제가 불가능하니, 원화로 중개무역을 해달라 이거였군?"

이재윤의 물음에 진우는 고개를 끄덕였다.

"하지만, 이 거래 자체는 말 그대로 서류만 오간 조작 거래였습니다. 이란 업체는 수입대금을 가장한 금액을 선진은행 원화 결제 계좌에 입금했고, 인트리는 이 자금을 인출. 달러로 바꿔 두바이의 건설 자재 업체에 보냈습니다."

"두바이로 간 돈은?"

"이란 쪽의 목적인 원화가 달러로 변했으니, 몰래 이란으로 흘러 들어갔을 거라 미연방 검찰은 보고 있습니다."

"규모는 얼마나 돼?"

"약 1조 9500억 원입니다."

진우의 말에 이재윤은 두 눈을 크게 떴다. 2조 원 가까이 되는 규모라고 예상을 못 한 듯했다.

"아니, 2조 원이 우리나라를 통해 돈세탁이 되는데 금감원에서도 모르고 해당 은행에서도 모른다는 게 말이 되나?"

이재윤의 말에 진우는 공감한다는 듯 고개를 끄덕였다.

애초에 해당 은행에서 걸러지지 못했다고 하더라도, 금감원에서는 조사에 나섰어야 했다.

미국 연방 검찰에서 먼저 알아낼 정도인데, 우리나라에서 알지 못했다는 것은 무능력이거나, 혹은…….

"나만 의심하는 거 아니지?"

이재윤은 김인호와 진우를 바라보며 물었고, 진우는 이재윤을 바라보며 입을 열었다.

"해당 은행이나, 금감원에 데릭 리에게 대가성 금품을 받은 정황이 있나 살펴보겠습니다."

"좋아."

이재윤은 자신의 말을 제대로 알아들은 진우의 답에 만족한다는 듯 고개를 끄덕였다.

"그나저나 현 프로, 네 설명을 들어보면 완전 전문적인 돈세탁 업체의 짓인 거 같은데…… 그래서 미연방 검찰에서 우리한테 요구하는 건?"

"인트리와 데릭 리, 선진은행에 대한 조사입니다."

"데릭 리가 우리나라 법을 어긴 건?"

"앞서 말씀드렸듯 실제 거래는 없었지만, 거래로 위장하기 위해 조작된 가짜 서류를 한국은행과 전략물자관리원에 제출했습니다."

이재윤은 미간을 잔뜩 찌푸렸다.

"좀 많이 어렵긴 하네. 그나저나 진우 돈세탁 전문가가

다 됐네. 설명하는 게 듣기가 쉬웠어.”

“저도 국세청 쪽에 있는 돈세탁 전문가에게 도움을 받았습니다.”

“그래? 잘했어. 그런 배우려는 자세는 늘 좋지. 그래서 수사 시작은 어떻게 할 거야?”

“데릭 리에 대한 출국금지 요청과 동시에 인트리와 데릭 리에 대한 내사를 시작할까 합니다.”

“그리고, 선진은행과의 유착은 없나 보고?”

“네. 그렇습니다.”

“선진은행 국가 지분이 52% 넘는다. 결국, 국가 소유 은행이라는 거야, 행장이 지금…….”

“작년에 조경선 신임 은행장이 취임했습니다. 대통령의 경제 교사로 알려져 있습니다.”

진우의 말에 이재윤과 김인호는 피식 웃음을 터뜨렸다.

“야, 김 부장 어쩌려고 이거 진우 줬어?”

“노는 사람이 진우밖에 없었습니다…….”

“뭐, 어쨌든 대통령의 경제 교사든 경제 교사 할아버지든 조사해 보고 문제 있으면 불러야지. 어쩌겠냐? 안 그래, 현 프로?”

“최대한 조용히 조사하겠습니다.”

“그거야, 너한테 맡긴 김 부장 잘못이니까 김 부장이 잘 커버 쳐주겠지. 좋아. 수사 시작해. 매주 김 부장이 나한테 보고하는 걸로 하지."

"네, 알겠습니다."

김인호가 고개를 숙여 대답하자 이재윤은 웃으며 진우를 바라보았다.

"현 프로."

"네. 차장님."

"컨셉 유지해. 남 눈치 볼 필요 없다는 말이야."

"늘 감사하는 마음 가지고 있습니다."

"그럼 자주 표현도 하고 그래라. 특히 총장님께 자주 연락드리고, 알았어? 이번에 청와대에 들어가셔서 엄청나게 깨지면서도 너 지키신 분이니까."

진우는 진심으로 권태영과 이재윤, 그리고 김인호에 대한 고마움을 가지고 있었다.

이재윤의 말처럼 자주 표현해야겠다고 생각하고는 고개를 끄덕였다.

"네, 알겠습니다."

"좋아, 나가봐. 바로 수사 시작하자. 김 부장은 잠시 나랑 얘기하고."

이재윤의 축객령에 진우는 고개 숙여 인사하고는 차장검사실을 벗어났다.

차장검사실을 나온 진우는 바로 수사에 들어가기 위해 검사실로 돌아왔고, 진우가 돌아오자 김현태는 자리에서 일어나 진우를 불렀다.

"검사님, 말씀하신 데릭 리의 신상 정보 나왔습니다."

검사실로 들어서던 진우는 김현태가 건넨 자료를 받아 들었다.

"검은 머리 외국인이긴 합니다만, 부모가 한국이라는 것 빼고는 완전 캐나다인이라고 봐야 할 것 같습니다."

"캐나다에서 태어나고 자랐군요?"

"네. 지난 2010년에 우리나라에 들어오기 전에는 왕래가 없었을 정도로요."

김현태의 말에 진우는 고개를 끄덕였다.

"우리나라에 데릭 리 명의로 된 계좌가 있습니까?"

"없습니다. 우리나라에서 자신의 명의로 된 그 어떤 것도 만들지 않았습니다. 휴대전화도 회사 명의로 만들었고, 타고 다니는 자동차 또한 인트리의 명의입니다."

"개인 자금의 흐름은 볼 수 없겠군요……."

"하지만, 국내 시중 은행을 통해 분명 수수료 중 일부를 자신의 계좌로 송금했을 겁니다. 시중 은행에 연락 돌려보겠습니다."

"좋습니다. 이 부분은 김 계장님에게 맡기겠습니다."

진우는 데릭 리에 대한 내사는 김현태에게 맡겼다.

"이 실무관님은 김 계장님 대신 제 일을 도와주시고요."

"네, 알겠습니다."

"저는 데릭 리에 대한 출국금지를 걸고, 유령 회사 인트리의 거래에 대해 조금 더 보도록 하겠습니다. 정보가 어느 정도 취합되면 데릭 리부터 소환하죠."

진우는 그렇게 수사에 대해 일을 분배하고는 자신의 자리에 돌아갔고, 현진우 검사실은 일사불란하게 움직이기 시작했다.

선진은행 본점 사옥, 은행장실.

선진은행장 조경선은 평소와 다름없는 하루를 시작하고 있었다.

똑똑똑-

"들어오세요."

그의 말에 은행장실 문을 열고 들어온 인물은 경영지원 부행장인 김주성이었다.

"아, 김 부행장. 아침부터 무슨 일입니까?"

"은행장님, 큰일 난 거 같습니다."

평온한 표정으로 조간신문을 보고 있던 은행장 조경선은 부행장의 한마디에 미간이 찌푸려졌다.

"큰일이라니요?"

"우리 시간으로 새벽 두 시, 우리은행 뉴욕 지점에 미국 연방 검찰의 조사 협조 요청이 들어왔다고 합니다."

부행장의 말에 조경선은 큰 충격을 받은 듯 곤혹스럽다는 표정이었다.

"연방 검찰이라니요? 자세하게 말 좀 해보세요."

"우리 은행에 개설된 이란 원화 결제 시스템을 이용해 이란의 자금을 달러로 돈세탁해 준 국제 돈세탁 조직이 검거되었다고 합니다."

"그래요? 우리 은행의 원화 결제 시스템을 이용한 게 확실합니까?"

"네, 확실합니다. 미국 연방 검찰에서는 이미 특정 계좌 번호와 특정인의 거래 내역을 원한다고 콕 집어 알려왔습니다."

조경선은 골치가 아픈 듯 암담한 표정으로 한숨을 내쉬었다.

"돈세탁 규모는 얼마나 됩니까?"

"2조 원 가까이 되는 것으로……."

"미국 재무부에 의심 거래로 신고는 했습니까? 규모가 상당한데."

"현재는 신고하지 않은 것으로 파악하고 있습니다."

부행장의 말에 조경선은 두 손으로 책상을 내려쳤다.

"2조 가까이 되는 돈이 우리 은행을 통해 돈세탁이 되고 있는데! 어째서 걸러내지 못한 겁니까!"

조경선의 호통에 부행장은 양손을 가지런히 모으고 낙담한 심정으로 고개를 숙일 수밖에 없었다.

"최대한 협조하라고 하세요."

"전례를 봤을 때, 기소되지 않으려면 천문학적인 벌금을 내야 할 수 있습니다."

"그건 나중에 생각하고, 미국 연방 검찰의 수사에 확실하게 협조하세요."

"예. 알겠습니다. 여기 보고서를 올려놓겠습니다."

"그래요. 나도 윗선에 보고해야 하니 보고서가 있는 게 낫겠죠. 가 보세요."

조경선은 부행장이 올려둔 보고서를 흘깃 보고는 시선을 돌리려다 놀란 표정으로 보고서를 확인했다.

"무슨 일 있으십니까?"

보고서를 전달하고 은행장실을 벗어나려던 부행장은 갑작스럽게 허겁지겁 보고서를 확인하는 조경선의 행동에 의문이 생긴 듯 물었다.

"이, 이거 인트리라는 회사가 돈세탁에 가담한 회사라는 겁니까?"

"네. 그렇습니다. 무슨 일 있으십니까?"

"이 회사 그냥 수출입 에이전트 회사가 아닌 게 확실하냐는 말입니다!"

대뜸 소리를 질러오는 조경선의 말에 부행장은 조심스

러운 말투로 고개를 끄덕이며 입을 열었다.

"네, 미국 연방 검찰에서 그 회사를 콕 짚어서 연락해 왔으니 맞을 겁니다."

부행장의 입에서 다시 한번 확인해 주는 답이 나오자 조경선은 아연실색한 표정으로 이마에 손을 올리고는 의자에 몸을 파묻었다.

*

"검사님, 여기 인트리의 거래 내역입니다."

"빠르게 도착했네요."

이틀 후, 돈세탁에 연루된 인트리의 계좌 내역이 도착했다. 선진은행에서도 미국 연방 검찰의 조사라 그런지 압수수색 영장에 빠른 대응을 해왔다.

"이란 중앙은행에서 선진은행의 원화 결제 계좌로 입금된 돈이 1조 9,588억 원입니다."

김현태는 진우를 향해 거래 내역에 관해 설명하기 시작했고, 진우는 김현태가 건넨 거래 내역을 들고 사무실 중앙에 있는 자리로 옮겼다.

"이를 받아 인트리가 달러로 환전해 두바이의 철강회사로 입금한 돈은 우리 돈으로 약 1조 9,176억 원입니다."

"이게 참…… 단위가 어마어마하다고 해야 할지……."

진우는 약 2조 원에 달하는 자금 흐름의 규모를 보고 돈에 대한 감각이 사라질 것만 같았다.

"하하, 검사님께서 무슨 생각인지 알 것 같습니다. 저도 이 거래 내역을 받아 들고 적힌 0의 숫자만 보고는 한 번에 와닿지 않았거든요."

"네, 그런 겁니다. 금전 감각이 좀 무뎌지려고 하네요."

진우는 웃으며 말하고는 거래 내용 서류를 한참 바라보았다.

"단순 계산을 한번 해볼까요?"

자신의 자리로 돌아가 메모장을 들고 돌아온 진우는 메모지에 무언가 열심히 적기 시작했다.

"1조 9,588억 마이너스 1조 9,176억은 약 411억이네요. 411억 원은 1조 9,588억의 2.1%……."

김현태는 진우가 계산하는 것을 자세히 바라보고 있었는데 정신이 아득해질 것만 같았다.

"알겠네요."

"네?"

"선진은행에서 챙긴 수수료 다 떼고 단순하게 보면, 데릭 리가 이란으로부터 받은 중개료 2%가 아닐까 합니다."

김현태는 인제야 진우가 열심히 계산하던 것의 정체를 알겠다는 듯 고개를 끄덕였다.

"은행거래 수수료를 제하고 이란에서 넘어온 돈과 달러

로 나간 돈의 차액이 데릭 리가 받은 중개 수수료라고 보시는군요?"

"네, 알아보니 돈세탁 전문가들은 금액에 따라 2~5%의 수수료를 받는다고 하더군요."

"그런데 이걸 계산한 이유가 있으신가요? 수수료야……."

"검사님, 검사님께서 요청하신 데릭 리의 해외 송금 거래 내역 도착했습니다."

두 사람이 한참 얘기를 나누고 있을 때 실무관 이민정이 출력한 서류를 들고 다가왔다.

서류를 건네받은 진우는 웃으며 서류를 김현태에게 흔들었다.

"계산한 이유가 여기에 있습니다."

진우는 데릭 리 개인의 해외 송금 내역을 펼쳐두고 모든 금액을 더하기 시작했다.

"거의 모든 돈을 해외에 있는 자신의 계좌로 송금했네요."

진우의 옆에서 송금 내역을 바라보던 김현태가 말하자, 진우는 고개를 끄덕이며 입을 열었다.

"국내엔 본인 명의로 된 계좌가 없으니까요."

"검사님 말씀대로 커미션이 맞는 것 같습니다. 커미션이 아니라면 자신의 계좌로 송금할 이유도 없으니까요."

"네, 그리고 분명 국내 어딘가에도 돈을 뿌렸네요. 20억 원 정도를 로비로 사용했습니다."

"네?"

김현태는 진우가 확신하듯 말하자 다시 한번 되물었다.

"20억 원이요?"

"네. 커미션으로 받은 돈이 411억 원, 해외의 본인 계좌로 송금한 돈은 376억 원 정도입니다. 35억 원이 비네요."

진우의 말에 김현태는 놀란 표정을 지었다. 이런 식으로 추론을 만들어갈지는 전혀 예상 못 했기 때문이다.

"국내 체류비나 생활비를 제한다고 보더라도 최소 10억에서 20억 원가량을 분명 관계인에게 로비했을 겁니다."

진우의 말에 김현태는 고개를 주억거렸다. 2조에 가까운 돈이 의심 거래 없이 너무도 순조롭게 세탁되었다.

미국 연방 검찰이 의심하는 부분도 그 부분이었다.

진우의 추측대로 내부자의 도움 없이는 절대 불가능해 보이는 일이었다.

"맞는 것 같습니다. 2조 원이라는 돈이 너무 스무스하게 달러화로 환전이 되는 과정에서 어떠한 의심 요소가 없었다는 게 걸립니다. 선진은행의 내부에서도 브레이크가 없었고 하다못해 금감원에서도 브레이크가 없었으니까요."

"네. 제가 의심하는 부분도 그 부분입니다. 무능력해서 직무유기를 한 게 아니라면, 분명 데릭 리에게서 대가성이 있는 돈을 받았을 겁니다."

드디어 김현태와 의견이 일치하자 웃으며 김현태를 바

라보았다.

"데릭 리, 소환 준비하시죠."

진우는 자리에서 일어나 재킷을 챙겨 입으며 김현태를 바라보았다.

"부장님께 보고드리고 오겠습니다. 최대한 빠르게 데릭 리 소환될 수 있도록 준비해 주세요."

"참고인입니까?"

"아뇨, 외국환거래법 위반, 관세법 위반 피의자로 소환하겠습니다. 소환에 응하지 않을 시 검거합시다."

"네, 알겠습니다."

진우는 김현태와 대화를 마치고는 부장검사실을 향해 발걸음을 옮겼다.

*

"하하, 조 행장님이 무슨 일로 방문해 주셨습니까? 정말 오랜만에 뵙습니다."

태평로에 있는 금융위원회 위원장실, 금융위원장 김동희는 오랜만에 만난 선진은행장 조경선의 방문이 반갑다는 듯 자리에서 일어나 조경선을 향해 손을 내밀었다.

"잘 지내셨지요?"

조경선은 김동희의 손을 맞잡으며 인사하자 김동희는

웃으며 고개를 끄덕였다.

"그럼요. 조 은행장님께서 물심양면으로 도와주신 덕분에 잘 지내고 있습니다."

"하하, 무슨 말씀을……."

"자자, 여기서 서서 이러지 마시고 앉으시지요."

김동희는 조경선을 이끌고 자리로 안내했다.

"차 드시겠습니까?"

"아닙니다. 저도 말씀을 드리고 금방 가 봐야 할 것 같아서 말입니다."

김동희와 조경선은 같은 대학의 교수 출신이었다. 평소 친분이 두터운 것까지는 아니었지만, 아예 왕래가 없는 사이도 아니었다.

"그나저나, 오늘 연락도 없이 급하게 어쩐 일이십니까?"

김동희는 약속 30분 전에서야 만나러 오겠다고 연락한 조경선을 향해 궁금하다는 듯 물었고, 조경선은 품에서 보고서를 꺼내 김동희에게 건넸다.

"미연방 검찰에서 우리 은행에 조사 협조 요청이 들어왔습니다."

"선진은행에요?"

"네."

김동희는 뜻밖이라는 듯 놀란 표정으로 서류를 집어 들고는 읽어 내려가기 시작했다.

"이란 자금 돈세탁에 선진은행 원화 결제 계좌를 이용했다는 말입니까?"

"네. 그렇습니다."

"아니, 금액이 2조 원 가까이나 되는데 선진은행에서는 전혀 걸러내지 못했단 말입니까? 금감원에서는……."

"연락을 받지 못했습니다."

조경선의 보고에 김동희의 표정은 급속도로 어두워졌다.

금융위원회는 정부의 금융정책을 총괄하는 부처였다. 조경선이 김동희를 향해 보고를 하러 온 이유도 그가 총책임자였기 때문이다.

"이거 참……."

조경선의 보고에 김동희는 할 말을 잃은 듯 한숨을 내쉬었다.

국책은행인 선진은행과 금융감독원을 감독해야 하는 것이 금융위원회의 일이었고, 결국 문제가 되면 책임의 화살이 금융위원장인 자신을 향할 수 있었기 때문이다.

"죄송합니다. 최대한 협조해 주라고 직원들에게 지시해 뒀습니다."

"외교 문제로 비화할 수 있으니, 미연방 검찰에서 요구하는 자료는 하나도 빠짐없이 넘겨주도록 하세요."

"네. 알겠습니다."

조경선은 고개를 숙여 대답하고는 슬쩍 김동희의 눈치

를 살폈다.

"저…… 그리고 한 가지 더 있습니다."

"또, 뭐가 있단 말입니까?"

"검찰에서도 우리 은행에 대한 조사에 들어갔습니다."

"우리나라 검찰 말하는 겁니까?"

"네, 그렇습니다."

"우리 검찰은 왜요?"

"미국에서 협조 요청이 들어왔다고는 하는데…… 해당 돈세탁 업체의 거래 내역을 모두 압수수색 해갔습니다."

"뭐, 그 정도라면 통상의 업무가 아니겠습니까?"

조경선의 설명에 인상을 잔뜩 찌푸렸던 김동희는 다행이라는 듯 넥타이를 매만졌다.

문제가 있는 계좌에 대해서 압수수색을 하는 것은 검찰 통상의 업무였기 때문이다.

"한데……."

조경선은 한참을 뜸 들이다 이내 결심한 듯 입을 열었다.

"제가 그 업체 대표와 연이 좀 닿아 있습니다……."

조경선의 고백에 김동희는 미간을 잔뜩 찌푸린 채로 조경선을 바라보았다.

"연이 닿아 있다는 게 무슨 말입니까? 설마 내가 생각하는 그런 건 아니겠지요?"

김동희의 물음에 조경선은 아무런 답을 하지 못한 채로

두 눈을 감았다.

"조 행장님! 아니면 아니라고 대답을 하셔야 합니다!"

"죄송…… 죄송합니다. 저도 그런 인물일 줄은 전혀 꿈에도 몰랐습니다. 그저 제자의 소개에 의해 나간 자리에서 중개무역을 하고 있는 건실한 사업가인 줄 알았습니다."

조경선은 최선을 다해 자신의 방어를 하기 시작했다.

"그저 외화를 많이 벌어온다는 소리에 우리 은행에서 업무를 좀 더 잘 볼 수 있도록 신경 쓰라 밑에 사람들에게 명령한 게 다입니다."

"돈은요. 뭐 받아먹은 건 없냐는 말입니다!"

"나랏일 하는 데 쓰라길래…… 약간의……."

"이 양반아!"

김동희는 지금까지 유지해오던 이성의 끈이 끊어진 듯 조경선을 향해 소리를 질렀다.

조경선도 자신을 늘 학자로서 대우해 주던 김동희가 버럭 소리를 질러오자 놀란 듯 어깨를 잔뜩 움츠렸다.

"선진은행에서 왜! 2조 원이 넘는 돈이 거래되는데 제대로 확인도 안 한 건지 이제야 알 것 같습니다! 조 행장 당신의 한마디에 밑에 사람들은 의심이 되더라도 신고를 못했을 거란 말입니다!"

"죄송합니다……."

"하……."

김동희는 크게 한숨을 내쉬며 잠시 진정을 하려는 듯했다.

"이보세요, 조 행장님, 조 행장이 어디 보통 사람입니까? 대통령의 경제 교사니, 최측근이니 언론 보도에 나갈 때마다 그런 타이틀이 이름 앞에 붙으시는 분이 어째서 그런 돈을 함부로 받으셨습니까? 선진은행장 월급으로는 부족했단 말입니까?"

"죄송합니다."

김동희의 말에 조경선은 아무런 반박을 하지 못하고 계속해서 죄송하단 말만 반복할 뿐이었다.

"내 선에서는 어쩔 수 없으니 윗선에 보고를 해야 할 것 같습니다."

"윗선이라면……."

"총리께 보고하면 총리께서 대통령께 보고하지 않겠습니까?"

"보고만은……."

"어쩔 수 없습니다. 지금 검찰을 멈추게 하기 위해선 이 방법밖에 없어요."

김동희의 입에서 검찰을 멈출 방법이라는 얘기가 흘러나오자 조경선은 깜깜했던 방 안에 한 줄기 빛이 흘러나오는 기분이 들었다.

"검찰을 멈추실 생각이십니까?"

"대통령의 최측근이 돈을 받았다고 하면 누구나 대통령

과의 관련성을 의심할 겁니다. 멈춰야지 어떡하겠습니까?"

"감사합니다. 감사합니다."

"아직 확실한 건 아니니, 조 행장도 은행으로 돌아가 아랫사람들 입단속부터 하세요."

"네, 알겠습니다."

얘기가 끝나자 김동희는 자리에서 일어났다.

"피차 서로 바빠질 예정이니, 얘기는 여기서 끝냅시다."

"알겠습니다. 다시 한번……."

"고맙다는 얘기는 나중에 일이 끝나거든 하시지요."

김동희의 말에 조경선은 고개를 숙여 인사하고는 금융위원장실을 빠져나갔다.

✳

사흘 후, 서울중앙지검 특수2부 부장검사실. 김인호는 여느 때와 다름없이 올라온 결재 서류를 파악하고 있었다.

지이잉-

걸려온 전화에 김인호는 반사적으로 통화 버튼을 눌렀다.

"김인호입니다."

상대방의 목소리를 들은 김인호는 휴대전화 화면을 확인하고는 심각한 표정을 지었다.

"네, 수석님. 오랜만입니다. 제가 먼저 연락드렸어야 했는데요."

김인호는 대충 무슨 일인지 예상하는 듯했다.

"예, 저희가 담당하고 있습니다. 현진우 검사입니다. 네."

김인호의 표정은 굳은 상태로 풀릴 줄 몰랐다.

"오늘 저녁이요? 네. 알겠습니다. 현 검사와 같이 나가겠습니다."

김인호는 통화를 마치고 전화를 내려놓으며 작게 한숨을 내쉬었다. 그러고는 책상 위에 있는 전화기를 들어 올려 익숙한 번호를 눌렀다.

"현 프로, 지금 내 방으로 와."

*

그날 저녁, 진우는 부장검사 김인호와 함께 종로에 있는 한정식집에서 상대를 기다리고 있었다.

"무슨 일인지 전화가 오자마자 예상이 가더라."

김인호는 앞뒤 다 잘라먹고 진우를 향해 얘기했지만, 진우는 그의 말뜻을 알고 있었다.

"나 혼자 나왔으면 어떻게든 수습을 했겠지만, 수사 담당 검사를 콕 짚어 데려 나오라는 거 보면 내 선에서 뭉개는 걸 용서 안 하겠다는 거지."

민정수석은 이미 전적이 있는 걸 고려한 듯 진우를 콕

짚어 데려 나오라 지시했다.

김인호는 진우의 대응에 대해 걱정하는 듯 근심 어린 표정으로 진우를 바라보았다.

"내가 걱정해야 하냐?"

김인호의 물음에 진우는 작은 한숨을 내쉬었다.

김인호에게 약속을 전해 듣고 이 자리에 나오기까지 몇 시간이 지나지 않았지만, 그사이 진우는 수많은 고민을 했다.

김인호의 말마따나 애초에 자신이 이런 외압이 들어오는 걸 몰랐다면 이전과 같이 수사를 강행했을 것이다.

아니, 이 자리에 김인호만 없었더라도 민정수석과 대거리를 할 수 있었다.

하지만, 김인호가 있는 자리에서 민정수석의 의견에 반하는 결과를 내어놓을 자신이 없었다.

김인호를 포함한 차장검사 이재윤, 검찰총장 권태영은 지난 몇 달간 진우 때문에 아쉬운 소리를 들어가며 버텨왔다.

"다시 한번 말하지만, 네 잘못 아니다. 검사가 죄짓는 놈을 수사하는 건 당연한 거야. 오히려 수사를 못 하게 막아오는 쪽이 잘못인 거다."

김인호는 진지한 표정으로 진우를 바라보았다.

"내가 저번에 말한 일 벌이지 말자는 거, 그거 그냥 농담으로 잘했다고 한 소리인 거 알고 있지?"

"알고 있습니다."

“혹시라도 네가 오늘 내리는 판단에 내가 방해될 것 같으면 지금이라도 얘기해. 내가 먼저 민정수석 들이받을 거니까.”

“저는…….”

김인호의 말에 진우가 대꾸하려고 할 때, 방문이 열렸고 한 남자가 웃으며 방으로 들어왔다.

“아이고, 내가 바쁜 사람들 불러놓고 너무 늦었네.”

남자는 청와대 민정수석 이기철이었다.

민정수석비서관은 공직자를 감찰하는 총책임자나 다름없었기 때문에 공직에 있는 공무원이라면 누구나 무서워할 실세 중 실세의 위치에 있었다.

특히, 이기철은 검사장 출신의 민정수석이었기 때문에 검찰조직에서 영향력도 상당했다.

“수석님, 안녕하십니까?”

“이야, 이거 김인호 얼마 만에 얼굴 보는 거야? 수석님은 무슨! 평소처럼 선배님이라고 불러.”

“선배님께서 인천지검장이실 때 뵈었으니…….”

“이 친구야, 그걸 또 계산하고 있나? 반갑다는 말이야.”

이기철은 껄껄 웃으며 양손으로 김인호의 어깨를 두드려 주었다. 그러고는 이내 시선이 진우를 향했다.

“안녕하십니까? 현진우입니다.”

진우는 이기철을 향해 고개를 숙여 인사했고, 이기철은

웃으며 진우를 향해 다가왔다.

"반갑다."

이기철은 손을 내밀었고, 진우는 그의 손을 맞잡았다.

"네가 요즘 검찰에서 최고 시끄러운 놈이라지?"

"......"

"하하하, 칭찬이야. 칭찬! 검사는 그래야지."

이기철은 그리 말하며 진우와 맞잡은 손에 힘을 주기 시작했고, 진우는 순간 놀랐지만 내색하지 않으려 했다.

"하지만, 검찰은 상명하복의 조직이라는 건 알고 있겠지?"

이기철은 미간에 힘을 빡 주며 두 눈을 부릅뜨고는 진우를 향해 답을 요구해 왔다.

"네, 알고 있습니다."

"좋아, 좋아! 그럼 오늘 말을 하기가 쉽겠군. 앉지. 김 부장 자네도 앉아."

이기철의 말에 진우와 김인호는 자리에 앉았고, 이기철은 맞은편에 앉아 김인호와 진우를 번갈아 보았다.

"보자. 시간이 20분밖에 없네."

이기철은 손목에 찬 시계를 보며 이야기를 이어나갔다.

"전할 얘기 하고 일어날 테니, 김 부장 자네는 자네 새끼 밥 맛있는 거 먹여."

"네, 알겠습니다."

김인호의 답에 이기철은 고개를 끄덕였다.

"현진우."

"네, 수석님."

"선배님이라고 해. 내가 옷 벗고 청와대에 오긴 했지만, 나는 나 스스로가 검사라는 걸 잊어본 적이 없으니까."

"네……. 선배님."

"이번에 외사부에서 특수부로 넘어간 사건 자네가 맡고 있다며?"

이기철은 이미 모든 것을 알고 있으면서, 진우를 향해 물었다.

"네, 그렇습니다. 선진은행을 이용한 국제 돈세탁 조직의……."

"아아, 나도 자세한 건 보고서 봐서 아니까 설명할 필요는 없고."

이기철은 손을 저으며 진우의 말을 끊고는 눈을 부릅뜨고 진우와 김인호를 번갈아 보았다.

"수사, 어디까지 했나?"

"현재 돈세탁 전문가와 선진은행 관계자 사이에 대가성 거래가 없었는지 조사하고 있습니다."

김인호는 혹여 진우가 실수할까 봐, 먼저 나서서 재빠르게 대답했다.

"그게 다야?"

"금융감독원 쪽에도 유착이 있는지 조사하고 있습니다."

김인호의 답에 이기철은 고개를 끄덕이며 물잔을 들고 물을 한 모금 마신 후 입을 열기 시작했다.

"네 성격 나도 잘 안다. 이 자리에 앉아 있으니 특수2부 검사 현진우에 대한 소문이 계속해서 들어오더군."

이기철은 굳은 표정으로 진우를 바라보고 있었다.

"검사 생활 20년 하다 보니, 너와 같은 검사들 많이 봤다. 정의로운 검사라는 허울에 빠져 앞뒤 분간 못 하는 것들 말이야."

"선배님."

김인호는 이기철이 선을 넘었다고 생각한 것인지 그의 말을 끊으려 했지만, 이기철은 조용히 하라는 듯 손짓을 했다.

"그래서 너를 어떻게 할까? 이 자리에 나오기까지 참 많이 고민했다."

진우는 입을 꾹 다물고 가만히 이기철을 바라보았다.

"날개를 꺾어버릴까? 어디 한직으로 보내 버릴까 같은 고민 말이다."

"……."

"하하하, 표정을 보니 곧 들이받을 표정인데?"

"아닙니다."

"수사 그대로 진행해도 좋다."

이기철의 입에서 나온 그린라이트에 진우와 김인호 두

사람 모두가 놀란 표정으로 이기철을 바라보았다.

이 자리에 나오기 전까지만 해도 이기철이 수사에 외압을 줄 거라 생각했기 때문이다.

"조경선 그 양반, 곧 갈아 치울 예정이었어. 대통령 경제 교사? 하하하, 몇 마디 조언 얻은 걸로 경제 교사라며 떠들고 다니는 게 영 마땅찮았거든."

뻔한 어른들의 사정이었다. 결국, 이기철이 수사를 허락하는 이유도 권력 경쟁이라는 말이었다.

"학계에 조용히 있어야 할 양반이 대통령 주변 사람들에게 자리를 주지 않는다고 얼마나 떠들어댔는지 아나? 그래서 그냥 은행장 자리 하나 선심 쓰듯 던져줬는데, 선을 너무 넘었어. 외교 문제가 될 수 있는 짓거리를 해놓고 수사를 덮어달라고 감히!"

이기철은 화가 많이 난 듯 보였다.

"수사 진행해도 좋다. 대통령께는 내가 말씀드리지. 이번 사건은 내가 네 날개가 되어주겠다는 말이다."

"감사……."

이기철의 말에 진우는 고개를 숙여 감사하다는 인사를 하려 했는데, 이기철이 그만하라는 듯 손짓을 해왔다.

"이야기마저 듣지. 지금 자리에서 나는 너에게 수사를 덮으라 말한 걸로 하지."

이기철의 말에 진우는 순간적으로 이해가 가지 않았다.

"VIP가 생각보다 마음이 여려. 사람을 함부로 쳐내지 못한단 말이지. 어때? 현진우 검사, 똑똑하다고 소문이 났던데 해낼 수 있겠나?"

이기철의 말인즉슨, 이기철은 이 자리에서 수사를 덮으라 말했고, 진우는 따르는 그림이 되어야 했다.

"수사를 덮을 수 없는 외부적 요인을 만들어내라는 말씀이십니까?"

진우의 물음에 이기철은 테이블을 내려치며 크게 웃기 시작했다.

"그래, 그거다. 할 수 있겠나?"

이기철의 말에 진우는 고개를 끄덕였다.

"수사를 계속할 수 있게 해주신 것만으로도 감사한 마음입니다. 어떻게든 외부 요인을 만들어내겠습니다."

진우는 어른들의 사정 따위는 중요하지 않았다. 그저 이 수사를 계속할 수 있다면 그것만으로도 만족이었다.

이기철은 진우의 답이 굉장히 마음에 드는 듯했다.

"권태영, 이재윤이 현진우 너를 감싸길래 뭐 하는 놈인가 했더니 이런 맛이 있었구먼?"

이기철은 마치 검찰총장 권태영을 하급자 대하듯 말했고, 김인호는 불편한 듯 입술을 짓씹었다.

"이거 내 명함이야. 현진우, 앞으로 힘든 일 있으면 전화해."

진우는 이기철이 건넨 명함을 받아 들고 고개를 숙였다.

"감사합니다."

진우의 인사에 이기철은 껄껄 웃으며 자리에서 일어났다.

"김 부장, 우리 현 검사 든든하게 먹여. 계산은 내가 할 테니."

"감사합니다. 선배님."

"그래, 천천히 밥들 먹고 나와. 현진우 우리 자주 보자."

"네, 들어가십시오."

이기철은 진우가 고개를 숙이자 등을 두드려 주고는 방을 나섰다.

이기철이 방을 나가자 정적이 찾아왔는데, 김인호는 걱정되는 눈초리로 진우를 바라보았다.

"현 프로, 방법 있어?"

김인호의 물음에 진우는 고개를 끄덕였다. 기실, 이 자리에 나오기 전 이기철이 수사를 덮으라 지시해 올 때를 대비해 생각해 둔 방법이었지만, 지금 써먹어도 나쁘지 않을 것 같았다.

"수사를 덮을 수 없게 만드는 외부적 요인, 미국을 이용할까 합니다."

진우의 말에 김인호는 놀란 표정으로 진우를 바라보다 이내 진우가 말한 뜻을 알겠다는 듯 고개를 끄덕였다.

*

진우는 지검으로 돌아오자마자 수사관 김현태와 실무관 이민정을 퇴근시키고는 수사 서류를 보며 야근에 들어갈 준비를 하고 있었다.

"현 스타, 나 왔어."

한참 서류를 보며 무언가 정리해 나가고 있을 때, 문이 열리며 서필규가 검사실로 들어왔다.

"선배님, 오셨습니까?"

진우는 웃으며 자리에서 일어났다. 서필규가 왜 온 건지 대충은 예상하고 있었기 때문이다.

"뭐야? 내가 왜 온 건지 알겠다는 표정이네?"

"그럼요. 선배님이 그런 표정을 지으며 들어오실 때는 늘 똑같았으니까요."

"내 표정? 내 표정이 어떤데."

"근심이 있으신데 웃음으로 지우시려는 표정 말입니다."

"하하하, 이것 참 우리 와이프보다 현진우가 나를 더 잘 알겠네."

서필규는 웃으며 자리에 앉았고, 진우는 냉장고에서 음료수를 꺼내 서필규의 앞에 내려놓았다.

"땡큐, 그럼 내가 왜 온 건지도 진우 너는 알고 있겠네?"

"그럼요. 제가 기죽어 있으면 위로해 주러 오신 거 아닙니까?"

진우의 말에 서필규는 피식 웃음이 터져 나왔다.

부장검사 김인호에게 전해 듣고 자신이 할 일이 있으면 진우를 도와야겠다 싶어 찾아왔는데, 김인호의 말과는 정반대로 진우는 너무나도 평상시의 모습을 하고 있었기 때문이다.

"그래, 그런데 내가 할 일이 사라진 거 같은데? 기분 어때?"

"기분은 솔직히 더럽습니다. 권력 투쟁에 이끌려 가는 기분이 들기도 하고요."

음료수를 홀짝이던 서필규는 둘러대는 것 없이 직설적으로 내뱉은 진우의 말에 자칫 입에 들어 있던 음료수를 뿜을 뻔했다.

"워후, 현진우 노빠꾸로 말하는 건 처음 보네."

"죄송합니다. 그것만큼 제 심정을 표현할 수 있는 말이 없어서요."

"괜찮아. 이해하니까. 기분 더럽겠지. 근데 생각보다 평온하네?"

"앞으로 더 어떤 상대를 만날지 모르는데 겨우 이 정도 일로 침울해서는 안 될 것 같아서요. 그리고 어른들의 사정 같은 거 저는 신경 쓰지도 않고요."

진우의 답에 서필규는 피식 웃으며 고개를 끄덕였다.

"부장께 전해 들은 말로는 민정수석이 사건을 덮을 수

없는 외부적 요인을 만들라고 했다며?"

"네, 마침 내일쯤 선배를 찾아갈까 했습니다."

"내가 도울 일이 있는 거야?"

서필규의 물음에 진우는 고개를 끄덕이며 입을 열었다.

"혹시 미국 연방 검찰 쪽에 아는 분이 있으십니까?"

"연방 검찰? 아니, 나는 없는…… 김용환 지청장."

무의식적으로 답하던 서필규는 누군가 떠오른 듯 입을 열었다.

"김용환 지청장님이 미국 연방 검찰에 연수 다녀오신 적 있다. 7년 전 얘기긴 한데 줄이 좀 있지 않겠냐?"

진우의 첫 상관이었던 김용환은 나름 엘리트 코스를 밟아온 검사였다.

서필규의 말에 진우는 환하게 웃었다.

"너 설마? 그 외부적 요인이 미국 연방 검찰이야?"

"네, 미국에서 소식이 흘러나오면 우리도 덮을 수 없는 외부적 요인이 아니겠습니까? 여론의 관심이 우리로 향할 테니까요."

진우의 말에 놀란 표정을 짓던 서필규는 이내 고개를 끄덕이며 진우를 바라보았다.

"좋은 방법인 거 같네. 아니, 그거보다 더 나은 방법이 없는 거 같다."

서필규의 말에 진우는 그를 마주 보며 씩 웃음을 지었다.

CHAPTER 3

사흘 후, 데릭 리의 소환을 앞두고 진우는 초조한 심정으로 연락을 기다리고 있었다.

"검사님, 삼십 분 후 데릭 리 변호인과 함께 출두한다고 연락이 왔습니다."

수사관 김현태는 조심스레 진우를 향해 말해왔고, 진우는 살짝 고개를 끄덕였다.

'연락이 너무 늦어지는데, 먼저 해봐야 하나…….'

진우는 손가락으로 책상 위를 연신 두드리며 생각에 잠겼다. 데릭 리의 소환조사가 있기 전 지금 상황을 확실하게 정리해야 했다.

지이잉-

책상 위에 올려둔 휴대전화에서 진동이 울리자 진우는 재빠르게 전화를 들어 화면을 확인한 후 통화 버튼을 눌렀다.

"네, 지청장님. 현진우입니다."

-그래, 네가 저번에 말한 거 그 돈세탁 문제 말이다.

수화기 너머의 통화 상대는 부천지청장 김용환이었다.

-미연방 검찰에 내가 아는 검사장이 있어서 연락해 봤고, 연방 검찰 쪽에서는 선진은행이랑 데릭 리랑 모종의 연결 고리가 있을 거로 추측하고 있더라.

미국의 검찰은 한국의 검찰 시스템과 달랐다. 주마다 주 소속의 검찰청이 따로 있었고, 연방 검찰청은 하나의 주州가 아닌 국가급의 사건을 담당하는 검찰청이었다.

법무부 장관이 검찰총장을 동시에 맡으며, 90여 명이 넘는 연방 검찰 검사장들은 의회 청문회를 거친 뒤 임명되는 자리였다.

미국 연방 검찰과 법무부는 따로 나뉘지 않은 조직이고 즉, 연방 검찰청의 의견은 미국 법무부의 의견과 다름없었다.

"저도 그렇게 추측하고 있습니다."

-그래? 잘됐네. 보자, 10분 안에 그쪽에서 증거 서류들 내한테 보내주기로 했거든? 전화 끊자마자 진우 니 메일 주소 내한테 보내라. 바로 쏴줄 테니까는.

"지청장님, 진심으로 감사……."

-자슥아, 감사는 무신……. 어려운 일 있을 때 써먹으라고 선배가 있는 기다. 자주 연락하고 알았나?

“자주 연락드리겠습니다.”

-참, 그라고 네가 말한 그건 우리 시간으로 새벽쯤 나오지 않겠나?

“네, 알겠습니다.”

-그래, 니도 바쁠 테니까는 전화는 여기까지 하고, 메일 주소 바로 보내고! 나중에 함 보자.

“지청장님, 다시 한번 감사드립니다. 들어가십시오.”

진우는 김용환과의 통화를 마치자마자 바로 김용환에게 메일 주소를 메시지로 보냈다.

그리고 얼마간의 초조한 기다림 후에 진우의 메일로 기다리던 자료가 도착했다. 도착한 자료를 한참 지켜보던 진우는 원하는 것을 찾았는지 웃으며 자리에서 일어났다.

“김 계장님, 바로 조사실로 가겠습니다. 준비해 주세요.”

진우는 재킷을 챙겨 입고, 출력된 자료를 뽑아 들고 김현태를 향해 말했다.

김현태는 자신을 부르는 진우의 표정이 밝아져 있자 덩달아 신이 난 듯 고개를 끄덕였다.

“네, 알겠습니다.”

*

“반갑습니다. 특수2부 검사 현진우입니다.”

진우는 검사실을 빠져나와 특수부 조사실로 향했는데, 데릭 리는 그의 변호사와 함께 조사실에서 대기 중이었다.

진우가 인사를 했음에도 데릭 리는 잔뜩 긴장한 듯 진우의 말이 들리지 않는 사람처럼 행동했다.

"죄송합니다. 의뢰인께서 이런 자리가 처음이라 많이 긴장하신 것 같습니다."

"이해합니다."

진우는 데릭 리와 같은 피의자들을 많이 보았다. 처음으로 검찰 조사실에 와본다면 특유의 분위기에 의해 압박감을 느끼는 사람이 많았다.

"데릭 리, 당신은 현재 대한민국 검찰에 의해 외국환거래법 위반, 관세법 위반 피의자로 조사를 받고 있습니다. 불리한 진술을 거부할 수 있으며 여기서 진술하신 모든 발언은 법정에서 불리하게 작용할 수 있습니다. 제 말 이해하셨습니까?"

진우의 말에 데릭 리는 침을 꼴깍 삼키며 고개를 끄덕였다.

"이해했습니다."

"좋습니다."

진우는 굳은 표정으로 데릭 리를 바라보며 입을 열었다.

"지난 2010년 2월, 캐나다에서 한국으로 입국한 데릭 리 씨는 서초동에 있는 이성빌딩에 사무실을 임대한 후 중개무역 업체 인트리를 만들었습니다. 맞습니까?"

"네."

진우의 물음에 데릭 리는 여전히 초조한 표정과 말투, 몸짓이었지만 변호인에게 수사에 최대한 협조해야 한다고 충고를 들은 것인지 고개를 끄덕여 가며 진우의 말에 대답했다.

"그러고는 이성빌딩 1층에 있는 선진은행에 인트리의 계좌를 연 것도 사실이고요."

"그렇습니다."

진우는 서류 한 장을 데릭 리와 그의 변호인 앞으로 펼쳐 보였다.

"누군지 아시죠?"

"글쎄요. 누군지 잘……."

"중국 돈세탁 조직의 두목 샤오춘. 이란 중앙은행에서 원화로 들어온 자금을 달러로 환전해 데릭 리 씨가 건넨 인물입니다. 정말 모르십니까?"

"……."

진우의 물음에 데릭 리는 입을 꾹 다물었다.

"데릭 리 씨가 착각하는 게 하나 있네요. 대한민국 검찰을 빠져나간다고 해도 미국 연방 검찰이 데릭 리 씨를 기다리고 있습니다. 그리고 현재 증거만으로도 데릭 리 씨는 한국에서 충분히 유죄판결을 받을 수 있고요."

진우의 말에 데릭 리는 그의 변호인을 바라보았고, 변호인은 살짝 고개를 끄덕였다.

"여기서 제가 만약 데릭 리 씨라면, 모든 죄를 인정하고 형량을 최대한 낮게 받을 수 있도록 노력해 볼 텐데 말입니다."

데릭 리는 두 눈을 감고 생각에 잠긴 듯 보였다.

진우는 더 이상 아무 말을 하지 않고 그에게 시간을 주려 했다.

얼마간의 고민 후, 데릭 리의 입이 열리기 시작했다.

"한국에도 형량 거래가 있습니까?"

"없습니다. 다만, 여기서 진술한 것에 따라 형량에서 참작받으실 수 있는 범위가 늘어날 겁니다."

"그렇다는 건 제가 이 자리에서 한국 검찰의 수사에 협조하면 형량이 줄어들 수 있다는 말입니까?"

"충분한 참작 사유가 됩니다."

진우의 말에 데릭 리는 초조한 표정으로 자신의 변호인을 바라보았다.

변호인이 데릭 리에게 귓속말을 전하자 데릭 리는 진우를 바라보며 고개를 끄덕였다. 협조하겠다는 뜻이었다.

"처음으로 돌아가 보죠. 샤오춘이 처음으로 데릭 리 씨에게 연락을 한 때로 말입니다."

"내게 연락한 것은 샤오춘이 아닙니다. 저는 캐나다 무역

업체에서 일하고 있었습니다. 어느 날, 한국인 친구가 한국에서 큰일을 한 건 할 예정인데 하겠냐고 물어오더군요."

"그것이 이란 중앙은행에서 송금된 원화를 달러로 세탁하는 일이었습니까?"

"그렇습니다. 자세한 일은 한국에 와서 들었습니다. 그리고 샤오춘이라는 인물은 얼굴만 알 뿐 따로 연락한 적도 없고요."

"좋습니다. 그리고요?"

"처음에는 그저 중개무역인 줄 알았습니다. 이란의 건설업체에서 정상적인 철근 중개무역 요청서가 들어왔으니까요. 하지만, 저를 이 자리에 소개해 준 한국인 친구가 캐나다에서 연락이 왔습니다."

"두바이의 철근 자재 회사를 지목했겠죠. 그리고, 물건은 오가는 것이 없을 테니 서류만 잘 꾸며서 한국은행과 전략물자 위원회에 신고하라고 말이죠."

자신의 말을 받아 진우가 얘기하자 데릭 리는 그 말이 사실이라는 듯 고개를 끄덕이며 이야기를 이어나갔다.

"저는 거절했습니다. 하지만, 거래 대금의 1.5%를 수수료로 받을 수 있게 해준다더군요."

"그래도 다시 한번 거절하셨고요?"

"네, 수수료가 2%까지 올라가자 더 이상 거절할 수 없었습니다. 18억 달러에 가까운 거래 대금에서 수수료가 2%

라면 평생을 먹고 놀 수 있으니까요."

진우가 처음 추측한 대로 데릭 리가 돈세탁을 해주고 받은 수수료는 2%였다. 진우는 기다린 말이 나오자 서류를 한 장 데릭 리의 앞으로 건넸다.

"미국 연방 검찰에서 데릭 리 씨의 이메일을 압수수색한 결과입니다."

이곳에 들어오기 전 김용환에게 전달받은 서류였다.

"데릭 리 씨와 국제 돈세탁 조직의 간부가 주고받은 메일입니다. 기억하시죠?"

"기억합니다."

"여기 메일 내용 중 선진은행 담당자와 간부에게 일정 부분을 커미션으로 지급했다는 말이 있는데요? 사실입니까?"

"사실입니다. 1달러당 3원의 커미션을 지급했습니다."

"담당자와 간부가 누구입니까?"

"담당자는 해외송금 업무팀의 팀장이었고, 간부는……."

"간부는요?"

"선진은행장이었습니다. 브로커에게 소개받았습니다."

데릭 리의 입에서 진우가 알고 싶었던 실체가 흘러나오자 진우는 주먹을 꽉 쥐었다.

“예, 위원장님. 아이고, 그렇습니까? 정말 감사드립니다. 예예, 조심하도록 하겠습니다.”

다음 날, 선진은행 본점의 은행장실, 선진은행장 조경선은 자리에서 일어나 두 손으로 전화기를 쥐고는 연신 허리를 숙여가며 통화를 하고 있었다.

“이번에 힘써주신 것 꼭 보답하도록 하겠습니다. 예, 들어가십시오.”

통화를 끝마치고 휴대전화를 내려놓은 조경선은 크게 한숨을 내쉬었다.

멋모르고 받은 돈이 자신의 목숨줄을 끊을 수 있었다. 금융위원장에게 솔직하게 말한 것은 정말 좋은 선택이었다고 생각하며 자리에 앉았다.

“후…… 정말 다행이야.”

자신뿐만 아니라 자신을 이 자리에 앉힌 대통령에게 큰 누가 될 뻔한 사건이었다.

똑똑-

십 년 감수한 표정으로 몸에 긴장을 풀고 소파에 널브러져 있던 조경선은 노크 소리가 들리자 자세를 고쳐 잡아 앉았다.

“들어오세요.”

문을 열고 들어오는 부행장이 보이자 조경선은 웃으며 인사를 했다.

"부행장, 어서 와요. 오늘 아침에는……."

"은행장님, 큰일 났습니다."

대뜸 큰일이라며 말해오는 부행장의 말에 조경선은 인상을 찌푸리기 시작했다.

"큰일이라니요?"

"미, 미국발 발표가 우리나라 언론에 보도되기 시작했습니다."

부행장은 그렇게 말하며 손에 들고 있던 태블릿PC를 조경선에게 건넸다.

「美 연방 검찰청, 국내 시중 은행 상대로 돈세탁 혐의로 조사하고 있다고 발표.」

「선진은행을 향한 美 연방 검찰청의 칼날, 돈세탁 혐의 조사 중…….」

「제프리 존스 검사장, 국제 돈세탁 조직과 선진은행 간부와의 유착 있는 것으로 파악 중.」

「선진은행, 국제 돈세탁 조직과 결탁해 돈세탁 도왔나?」

조금 전 속보로 뜬 기사들의 헤드라인을 본 조경선은 숨이 턱 하고 막혀왔다.

미국에서 이 일을 발표할 거라 전혀 예상하지 못하고 있었다. 기사화가 된 이상 겨우 덮어둔 사건을 우리 검찰에서 조사하지 않을 수가 없어졌다.

조경선의 동공은 연신 떨리기 시작했다.

“이, 이게 뭡니까?”

“물밑 조사가 아니라 아주 오픈을 해버린 것 같습니다. 우리 은행 간부와의 유착이 있다고 하는데, 어떡할까요? 지금이라도 감사를 해야…….”

“이, 일단 멈추세요.”

“하지만, 감사가 늦어지면 은행장님도 윗선의 질책을…….”

“멈춰요!”

부행장은 대뜸 큰 소리를 질러오는 조경선을 보고 놀란 표정을 지었다.

“일단, 나가 있어요. 윗선과는 내가 얘기할 테니. 당장 나가요!”

“예, 예. 알겠습니다.”

조경선의 축객령에 부행장은 놀란 가슴을 뒤로하고 고개를 숙이고는 은행장실을 빠져나갔다.

부행장이 나가자 조경선은 휴대전화를 꺼내 들고는 조금 전 통화한 금융위원장에게 전화를 걸었다.

-고객께서 전화를 받을 수 없어…….

신호가 한두 번 울린 후 전화를 받지 않는다는 멘트가 흘러나왔고, 조경선은 통화를 끊고 메시지를 보내기 시작했다.

[위원장님, 조경선입니다. 방금 미국 연방 검찰에서 우리 은행과 관련된 사건을 공식적으로 브리핑했습니다.]

그렇게 메시지를 보내고 조경선은 초조한 듯 허벅지를 주무르며 답장을 기다렸다.

지이잉-

얼마 지나지 않아 휴대전화에서 진동이 울리자 조경선은 재빠르게 메시지를 확인했다.

[우리도 확인했습니다. 선진은행에서 알아서 잘 해결할 거라 믿겠습니다.]

금융위원장 김동희의 답장에 조경선은 허탈한 듯 모든 것을 다 포기한 표정으로 소파에 머리를 기대었다.

쾅-

한참 모든 걸 포기한 표정을 하고 있을 때, 은행장실 문이 열렸고, 한 무리의 사람들이 쏟아져 들어왔다.

"뭐, 뭐요!"

"안녕하십니까? 서울중앙지검 특수2부 검사, 현진우입니다. 서울중앙지방법원에서 오늘 자로 발부된 조경선 씨에 대한 체포영장입니다."

"체, 체포라니 그게 무슨 말입니까!"

"조경선 씨를 현 시간부로 특정경제범죄가중처벌법상 수재 위반 혐의로 체포합니다. 변호사를 선임하실 수 있고, 불리한 진술을 거부할 수 있으며 하신 진술은 법정에서 불리하게 작용할 수 있습니다."

진우는 직접 조경선의 앞으로 다가가 조경선의 손에 수갑을 채웠다.

"김 계장님, 저는 피의자 데리고 먼저 돌아가겠습니다. 압수수색 철저하게 부탁드립니다."

"네, 알겠습니다."

진우는 동시에 펼쳐지는 압수수색에 대해서도 김현태에게 부탁하고는 조경선을 데리고 지검으로 향했다.

*

"서울중앙지검 3차장 이재윤입니다. 수사 브리핑 시작하겠습니다."

2014년 4월, 서울중앙지검 기자실에는 이재윤이 수사 브리핑을 하기 위해 연단 앞에 서 있었다.

“2014년 2월, 미국 연방 검찰은 국제 돈세탁 조직이 연루된 이란 자금 돈세탁 혐의를 받고 있는 선진은행에 대한 수사 협조를 우리 검찰에 요청해 왔고, 우리 검찰은 서울중앙지검 특수2부를 투입, 수사를 진행했습니다.”

이재윤은 수많은 기자를 상대로 수사 브리핑을 하고 있었다. 선진은행장이 사건에 연루되었고, 구속까지 되는 지경에 이르자 그를 임명한 대통령에게 불똥이 튀는 상황이 연출되고 있었다.

당연히 여론의 관심은 수사 결과에 집중되었고, 검찰로서도 청와대로서도 덮는 것보다는 철저한 수사를 택했다.

“수사 진행 결과 캐나다 국적의 돈세탁 전문가 D를 외국환거래법 위반, 관세법 위반 혐의로 구속기소 하였으며…….”

기자들은 오늘 사건 브리핑의 지대한 관심을 보여주듯 이재윤이 고개를 들 때마다 연신 카메라 셔터를 눌러댔다.

“돈세탁 과정에서 해외 송금 업무의 편의를 제공하고 대가성 금품 2억 원을 수수한 선진은행 은행장 조경선을 특정경제범죄가중처벌법 등에 관한 법률 수재 혐의로 구속기소 하였습니다.”

이재윤은 한 자 한 자 목소리에 힘을 줘가며 수사 브리핑 발표를 이어나갔다.

“특히 선진은행의 원화 결제계좌로 입금된 이란 중앙은행의 자금을 달러로 환전하는 과정에서 자금 세탁인 줄 알면서도 그 대가로 5억 2천만 원을 받아 챙긴 은행원 A 씨와 3억 원을 수수한 은행원 B 씨 또한 특경법상 수재 혐의로 구속기소 하였습니다.”

데릭 리의 진술 이후 밝혀진 은행원들의 금품 수수 규모는 상당했고, 은행의 압수수색 과정에서 조경선의 명령을 받은 은행원들이 편의를 봐줌과 동시에 거액을 수수한 정황을 잡아냈다.

“더불어 은행장 조경선과 은행원 A, B, 캐나다 국적의 D에게서 범죄로 인한 수익금 20억 1천만 원을 환수하였습니다.”

이재윤은 뿌듯한 듯 어깨에 힘이 한껏 들어가 있었다.

“우리 검찰은 자칫 외교 문제로 비화할 수 있는 범죄를 철저히 수사하였고, 범죄수익금까지 환수하였습니다. 범죄로 인한 이익은 또 다른 범죄를 생산할 수 있는 요인 중 하나로서, 우리 검찰은 이 같은 범죄수익을 철저히 환수하여 범죄 예방 및 재범을 막아 투명한 사회를 만들 수 있도록 노력하겠습니다. 감사합니다.”

이재윤은 수사 브리핑을 마친 후 단상 옆으로 빠져나와 고개를 숙였다.

＊

“어서 와.”

한편, 진우는 수사를 마치고 부장검사 김인호의 호출을 받아 부장검사실에서 독대를 나누고 있었다.

“어디서부터 말을 해야 할까?”

김인호는 진우를 향해 걱정이라는 눈초리로 입을 열었다.

“우리 매번 이렇게 줄 타듯이 수사를 해야 하냐? 이번 것도 그래. 이기철 수석이 그린라이트 내준 거? 결국, 우리를 이용하는 거다.”

김인호는 진심으로 걱정이라는 표정으로 진우를 바라보았다.

“부장님께는 늘 죄송한 마음뿐입니다. 하지만…… 저는 이기철 수석에게 이용당했다고 생각하지 않습니다. 오히려 제가 수사를 위해 이기철을 이용한 겁니다.”

진우는 김인호를 똑바로 바라보며 제 생각을 얘기하기 시작했다.

“저는 검사입니다. 부장님도 저와 같은 검사시고요. 그럼 우리가 할 일은 하나밖에 없지 않겠습니까?”

“…….”

진우의 말에 김인호는 말문이 턱하고 막혔다. 진우가 건방지다고 생각해서가 아니라, 검사의 본질을 얘기해 올 줄은 몰랐기 때문이다.

"저는 연수원 시절부터 범죄가 눈앞에 있는데 수사를 하지 않으면 검사가 아니다라는 말을 마음속에 품었습니다. 그것이 제가 움직이는 신념이고, 제가 검사 선서를 한 이유입니다. 그들이 권력 투쟁을 하든, 다른 무엇을 하든 지금 제게 중요한 것은 제가 이 수사를 확실하게 끝냈다는 거 그거 하나밖에 없습니다."

진우는 김인호에게 고개를 숙였다.

"건방졌습니다. 용서하십시오."

진우가 고개 숙여 인사하자 김인호는 크게 웃기 시작했다.

"아니야. 그래. 검사인 우리로서는 손해 볼 것이 전혀 없었지. 네 말이 맞다."

김인호는 웃으며 진우를 바라보았다.

"네가 솔직히 말하니, 나도 하는 말인데. 얼마 전 민정수석 앞에서 고개 숙이는 네 모습을 보고 실망했다. 내가 사람을 잘못 봤나 하고 말이야."

"……."

"그 자리에서 들이받았으면 내가 어떻게든 수습하면 되겠지 생각하고 나간 자리에서 네가 고개를 숙여 버리니 김이 새서 그랬나?"

진우는 가만히 김인호의 말을 듣고 있었다.

"근데 네 말을 들어보니, 네가 왜 그런 선택을 한 건지 알겠다. 너는 나쁜 놈들을 벌할 수 있으면, 그 어떤 상대와도 손잡을 수 있는 놈이었어."

김인호의 물음에 진우는 살짝 고개를 끄덕였다.

"사실 말이야. 민정수석 만나던 날, 내 자리 던지려고 했다. 내가 먼저 들이받으려 했단 말이다."

"부장님."

"현 프로, 너를 보고 있으면 말이야. 내 지난 검사 생활은 참 더럽게 살아왔구나 싶어. 힘에 굴복하고, 덮으라고 하면 덮고."

"……."

"그래서, 너를 지켜주고 응원하는 거다. 너는 나 같은 검사가 되지 말라고, 그리고 너 같은 검사가 더 많아져서 우리 검찰 조직이 국민 손가락질 좀 덜 받았으면 하는 마음에서 말이야."

김인호에게 진우는 진심으로 응원하고 싶은 부하 직원이었다. 진우로 인해 윗선의 질책을 받는 것쯤은 아무것도 아니었다.

진우를 지켜주고 얻는 보람과 뿌듯함에 비하면 그것은 아무것도 아니었으니까.

"나뿐만 아니라, 총장님과 차장님도 똑같은 심정일 거다. 그래서 널 지키기 위해 저렇게들 노력하시는 거고, 오늘 차장님 수사 브리핑하시는 거 봤지?"

"네, 봤습니다."

"이재윤 차장님 모시면서 그렇게 뿌듯해하시는 표정은 처음 봤다. 사실 우리 일이 그런 일 아니겠냐? 수사 잘했다고 칭찬받으면 세상을 다 가진 것 같은 기분이 되는 거 말이야."

김인호의 말에 진우는 고개를 끄덕였다. 검사가 수사를 잘했다고 칭찬을 받는다는 게 이상했지만, 누군가 자신의 노고를 알아준다는 것이 이 일의 유일한 보상이었으니까.

"잘했다. 오늘 사실 칭찬하려고 부른 거야."

"감사합니다."

"감사는 무슨, 내가 더 감사하다, 인마. 내 자리 지켜줘서."

김인호의 말에 진우는 피식 웃음을 터뜨렸고, 김인호도 그런 진우를 바라보며 웃었다.

"그리고 희소식 하나 더 알려주려고 불렀다."

"희소식이요?"

"상반기 모범검사에 네가 선정됐다."

김인호의 말에 진우는 놀란 표정을 지었다. 모범검사 선정은 상, 하반기 나눠서 각 3명씩 선정을 하는 포상 제도였다.

"그래, 다음 주에 공식적으로 발표될 건데, 고검에서 너를 후보로 올렸나 보더라고."

모범검사는 각 지역의 고검에서 후보를 추천하여 대검 차장검사 주재로 열리는 모범검사 선정위원회에서 모범검사를 선정했다.

"송백준 잡았고, 이번 돈세탁 건까지 너를 추천할 이유가 차고 넘쳐서 추천 안 할 이유가 없었다고 고검장님께서 알려오셨어."

진우는 마음속으로 뭔가 알 수 없는 뿌듯함이 올라왔다.

"어……."

"하하하, 좋으면 표현해도 돼. 네가 잘해서 뽑힌 건데. 앞으로 정말 현진우는 탄탄대로네. 모범검사라는 게 금전적 이득은 없어도 승진 때 도움이 되는 거 알지?"

"알고 있습니다."

"지금처럼 열심히만 해. 그럼 좋은 기회 올 테니까. 일어날까?"

김인호의 말에 진우는 자리에서 일어나 김인호를 향해 고개를 숙였다.

"늘 도와주시는 것 감사합니다."

"아이고, 감사하다는 말 그만하자. 네 맘 알고 있으니까."

김인호의 말에 진우는 다시 한번 인사하고는 웃으며 부장검사실을 빠져나왔다.

*

“2014년 상반기 모범검사로 선정된 우리 지검 특수2부 현진우 검사에게 표창장을 수여하도록 하겠습니다.”

2014년 5월 말, 진우는 지검장실에서 열리는 모범검사 표창장 수여식에 참여해 있었다.

거창한 수여식이 아닌 지검장실에서 열리는 소규모의 수여식이었는데, 지검장과 진우, 그리고 대검 소속의 검찰 인터넷 방송국의 카메라가 자리하고 있었다.

“현진우 검사는 2010년 검사로 임용된 후 일선 형사부서와 특수부서를 근무하며 굵직한 여러 사건을 맡으며 전담 업무를 성실히 수행하였습니다.”

진우와 지검장이 마주 보며 서 있었고, 사회자로 보이는 사람이 진우의 약력을 말하기 시작했다.

“특히 이번 국제 돈세탁 조직이 연루된 사건에서 미국 연방 검찰과의 훌륭한 공조수사로 범죄수익의 상당 부분을 환수하는 등 진실을 밝혀 범죄를 엄단하였습니다. 모범검사 표창장 수여하겠습니다.”

지검장은 뿌듯한 얼굴로 진우를 바라보며 표창장을 펼쳐 들었다.

“표창장. 검사 현진우.”

진우는 차려 자세로 지검장을 바라보았다.

"귀하는 투철한 사명감으로 맡은 바 직무를 성실히 수행하여 국가 사회 발전에 이바지한 공로가 크고, 타의 모범이 되었기에 2014년 상반기 모범검사로 선정함. 2014년 5월 22일, 검찰총장 권태영."

지검장실에 있는 몇몇 직원들이 진우를 향해 손뼉을 치기 시작했고, 진우는 지검장에게 표창장을 건네받으며 고개를 숙였다.

"현진우! 아주 잘했어. 특히 범죄수익 환수는 올해 우리 검찰에서 공을 들이는 부분인데 정말 장하다."

"감사드립니다."

"자, 검사님, 지검장님 사진 한번 찍겠습니다."

검찰 인터넷 방송국 기자의 말에 진우는 표창장을 펼쳐 정면을 바라보았고, 이내 플래시가 터지며 진우와 지검장의 사진을 찍었다.

"자, 됐습니다. 감사합니다."

사진 촬영이 끝나자 지검장은 품속에서 하얀 봉투를 하나 꺼내 진우에게 건넸다.

"이건 내 지갑에서 나오는 돈이야."

"지검장님……."

진우는 부담스러운 듯 손사래를 쳤지만, 지검장은 진우의 주머니에 봉투를 찔러 넣었다.

"나도 요즘 지갑이 많이 가벼워져서 많이 챙기지 못했

어. 모범검사에게 지검장이 금일봉을 주지 않으면 되겠나? 수고한 검사실 식구들이랑 회식할 때 써."

지검장은 사비로 진우에게 회식비를 건넸고, 진우는 더는 거절하는 것이 예의가 아닌 것 같아 고개 숙여 인사했다.

"맛있는 거 먹고 힘내서 일하겠습니다."

"하하하! 그래, 그 말이면 됐어! 그리고 정말 수고했어."

진우는 지검장에게 다시 한번 고개를 숙여 인사하고 뿌듯한 마음으로 지검장실을 나와 검사실로 향했다.

'아, 나 진짜 칭찬받는 거 좋아하나.'

진우는 최근 들어 느끼고 있었다. 칭찬을 받을 때마다 등줄기를 타고 내려오는 알 수 없는 뿌듯함에 중독되어 가고 있다는 걸 말이다.

진우는 웃으며 검사실 문을 열어젖혔다.

"와!"

진우가 검사실로 들어서자마자 폭죽과 함께 환호성이 들려왔고, 진우는 깜짝 놀란 표정을 지었다가 웃으며 검사실로 들어섰다.

검사실에는 수사관 김현태와 실무관 이민정, 그리고 서필규가 고깔모자를 쓰고 진우를 향해 손뼉을 치고 있었다.

"이게 뭡니까?"

"뭐긴 인마! 모범검사님 축하해 드리려고 이 선배가 케이크 사 왔지."

서필규는 진우에게 다가와 목에 팔을 감고는 크게 웃었다.

"진우야 축하한다. 내 새끼가 모범검사가 되어서 이 선배는 정말로 뿌듯하다."

"선배님한테 배운 걸 써먹었을 뿐입니다."

진우는 서필규를 바라보며 웃으며 얘기했고, 서필규는 검사실이 떠나가랴 크게 웃었다.

"그래! 이 선배가 가르친 대로만 하면 말이야, 우리 진우는 검찰총장도 될 수 있어!"

"서 검사님, 그거 안 물어보세요? 그거요."

한참 서필규가 크게 떠들고 있을 때, 수사관 김현태는 서필규를 향해 물었고, 진우는 의문스럽다는 눈치로 서필규를 바라보았다.

"그거라뇨?"

"지검장님이 혹시 흰색 봉투를 주시지 않든?"

"아, 받았습니다."

"어딨냐?"

서필규의 물음에 진우는 주머니에서 봉투를 꺼냈는데, 서필규는 진우의 손에서 봉투를 가로채 들었다.

"김 계장님, 오늘은 한우입니다. 이 실무관님도 갑시다!"

서필규는 마치 자신이 받은 회식비인 양 봉투를 들고 먼저 검사실을 나섰고, 김현태와 이민정 또한 손뼉을 치며 서필규를 따라나섰다.

한참 벙찐 표정으로 서 있던 진우는 문 앞에서 자신을 기다리고 서 있는 세 사람을 향해 웃으며 다가갔다.

"좋습니다. 가죠. 한우 먹으러."

"와!"

진우의 말에 세 사람은 동시에 소리를 질렀고, 그렇게 웃으며 발걸음을 옮겼다.

2014년 6월, 어느덧 완연하던 봄의 기운도 물러가고 초여름의 더위는 모두를 괴롭히고 있었다.

"먀악-"

"안 돼, 오늘은 씻어야 해. 몸에서 꼬순내 나는 거 봐라."

진우는 휴일 아침부터 금동이를 잡고 씨름 중이었다. 오늘은 일어날 때부터 금동이를 목욕시키겠노라 다짐한 상태였다.

"자, 금동아, 잘 들어. 그렇게 오래 걸리지 않을 거야. 이거 무사히 끝내면 간식……."

"미야악-"

금동이는 극렬하게 반발해 왔는데, 진우는 이미 마음을 먹은 상태였기 때문에 금동이의 행동에 마음이 약해지지 않으리라 속으로 다짐하며 금동이를 잡아 올렸다.

"미안하다. 금방 끝날 거야."

진우는 재빠르게 화장실로 들어가 문을 닫으며 금동이를 내려놓고, 금동이 전용 샴푸들을 가져온 후 한숨을 내쉬었다.

"후…… 도전!"

진우는 혼잣말을 외치고는 물을 틂과 동시에 금동이를 잡고 목욕을 시키기 시작했다.

"먀악-"

"아니야, 괜찮아. 참아요."

진우는 손을 바삐 놀리면서도 입으로는 금동이를 안심시키려는 듯 노력했다.

그렇게 금동이를 목욕시키고, 드라이기로 몸까지 말려준 진우는 금동이에게 간식을 먹이고는 대자로 뻗었다.

"아이고, 목욕 한번 시키려면 아주 그냥……."

온몸에 힘을 주고 금동이를 붙잡고 있었더니, 목욕을 끝마친 지금은 긴장이 풀려 몸에 힘이 들어가지 않았다.

진우는 바닥에 가만히 누워 멀리서 자신을 지켜보고 있는 금동이와 눈싸움을 하고 있었다.

지이잉-

그때, 진우의 휴대전화에서 진동이 울렸고, 진우는 자리에서 일어나 휴대전화를 들어 올렸다.

"남경진?"

-현 검! 뭐 해!

"그냥 쉬는 날이라 누워 있었지. 경진이 네가 웬일이야."

-웬일은, 나 지금 서울 올라왔는데 저녁 같이 먹을까?

남경진은 광주지검이 근무지였는데, 휴일을 맞아 서울로 올라온 듯했다.

진우는 휴일에 집에서 시간을 보내는 것보다는 오랜만에 동기인 남경진을 만나는 것도 나쁘지 않으리라 생각했다.

"그럴까?"

-그럴까가 아니라! 동기가 보자고 하면 먼저 나서야지.

"하하하, 미안해. 어디야?"

-보자, 지금이 두 시니까…… 네 시까지 서초동으로 올래?

"그래, 알겠어."

-톡으로 주소 보낼게! 조금 이따가 보자.

남경진과 통화를 마친 후 진우는 잠시 미적대다 자리에서 벌떡 일어나 화장실로 향했다.

*

"현진우!"

서초동에 있는 한 호프집, 진우가 들어서자 남경진은 손을 번쩍 들고 진우를 향해 흔들었다.

두리번거리던 진우는 남경진을 발견하고 웃으며 그에게

다가갔다.

"남 프로, 잘 지냈어? 살이 붙었네?"

진우가 자리에 앉으면서 농담을 건네자 남경진은 진우에게 맥주잔을 건네며 입을 열었다.

"말도 마, 이 살이 말이야. 잘 먹고 잘 놀아서 찐 살이 아니라, 매일 야근에 배달 음식 시켜 먹다 보니까 이렇게 됐다."

"아니야, 지금이 보기 좋아. 이 상태에서 건강 관리만 하면 되겠는데?"

"그래? 우리 어머니도 똑같은 소리 하시더라."

남경진은 웃으며 잔을 들어 올렸고, 진우도 잔을 부딪쳤다.

"크하, 좋다. 모범검사 선정된 거 정말 축하해."

"고맙다."

"그럼 오늘은 네가 사는 거로?"

"하하하, 그래. 알겠어. 남 프로 너는 어때?"

진우의 물음에 남경진은 금방 침울해진 표정으로 입을 열었다.

"어떻기는 죽을 거 같지. 지방이라고 우습게 봤더니 오히려 더 힘들어. 인원은 적지 사건은 몰리지……."

진우는 아무런 말을 하지 않고, 남경진의 말에 고개를 끄덕여 주었다.

"현 프로 너는 어때?"

"아휴, 나도 힘들지. 일선에 있는 남 검사 같은 사람도 힘들겠지만, 나는 남 프로 너도 잘 알다시피……."

"찍어 누르는 인간들이 많구나?"

진우가 고개를 끄덕이자, 남경진은 이해한다는 듯 맥주를 들이켰다.

"나야 뭐 사건에 치이는 거니까. 일 외적 스트레스는 없는데, 현 프로 너는 장난 아니긴 하겠다. 일도 힘든데 일 외적으로도 눌러대니까 말이야."

남경진은 진우의 마음을 이해한다는 듯 얘기해 왔다.

특수부 검사들이 탄탄대로인 것도 맞고, 일선 검사들보다는 큰 사건을 담당하다 보니 주목을 받기 쉬운 위치인 것도 맞았다.

하지만 오히려 그렇기 때문에 검사 생명이 길지 않았다. 실수를 용서받을 수도 없었고, 항명은 받아들여지지 않는 집단이 특수부였다.

"검사 괜히 했다."

남경진의 말에 진우는 피식 웃음을 터뜨렸다.

"정말? 그렇게 생각해?"

"아니…… 뭐 그냥, 그래."

남경진의 말이 진심이 아니라는 건 진우도 알고 있었다. 이전 삶에서 진우는 남경진과 똑같은 고민을 늘 했으니까.

"무엇을 하든 힘든 건 똑같지. 나도 가끔 검사라는 직업을 택한 내 선택이 밉다가도 어떨 땐 사소한 칭찬에 기분 좋아지더라. 좀 더 우리 일에 충실하다 보면 좋은 날 오지 않겠어?"

진우의 말에 남경진은 공감한다는 듯 고개를 끄덕였다.

"현진우, 이렇게 말 잘하는 줄 알았으면 연수원 때도 이렇게 하지 그랬냐! 연수원 동기들은 아직도 다 너 어려워해."

"그래?"

"그래, 인마. 얼음장같이 차가운 표정으로 공부만 하는데, 너는 모를 거야. 그래, 네가 그러니 나도 신경 쓰지 않으려고 하는데 성적은 상위권이라 신경 엄청나게 쓰이는 그런 거."

"그때는 나는 공부가 전부라고 느꼈으니까. 여유가 없었나 보다. 미안해."

진우의 말에 남경진은 피식 웃으며 안주를 주워 먹고는 진우를 바라보았다.

"참, 총장 임기가 이제 6개월 정도 남았나?"

정권과 갈등으로 인해 임기를 채운 총장이 드물긴 하지만, 법적인 검찰총장의 임기는 2년이었다.

임기 말년을 맞은 권태영은 나름 외부에서 검찰 개혁에 성공했다는 평가를 받아오고 있었다.

물론 정권의 눈치를 너무 본다는 질책은 피할 수 없었지만, 개혁적 성향의 총장이라는 평가를 받아오고 있었다.

"진우 너는 최대 후원자인데…… 총장 퇴임하고 나면 어떻게 할 예정이야?"

진우는 단 한 번도 고민해 보지 않은 것에 관한 질문을 받아서 그런지 말문이 턱 하고 막혔다.

"글쎄…… 고민을 해보지 않아서 모르겠네."

"사실 네가 신경 써야 할 건 아니긴 하지만, 왜 그런 거 있잖아? 어느 조직에서나 상사에게 이쁨을 받던 사람이 상사가 바뀌면 순식간에 위치가 애매해지는 거 말이야."

남경진은 그렇게 말하며 진우의 표정을 살폈는데, 심각해 보이는 표정에 재빠르게 입을 열었다.

"아, 미안하다. 내가 너무 말을 막 한 건가? 나는 그냥 걱정돼서……."

"아니, 괜찮아. 정말 그냥 고민해 본 적 없는 주제라서. 근데 뭐 내가 할 수 있는 게 없잖아?"

진우는 자신을 걱정해 주는 남경진을 향해 이야기를 이어나갔다.

"그냥 나는 내 자리에서 할 일이 있을 테니까. 그것만 열심히 할 생각이야."

진우의 답에 남경진은 고개를 끄덕였다.

"정답이네. 그러니까 오늘 이 자리에서 할 일은 뭔지 알고 있겠지? 열심히 마셔보자."

남경진은 그렇게 말하며 잔을 들어 올렸고, 진우는 웃으며 잔을 들어 올렸다.

*

"수석님, 오랜만에 뵙습니다."

서초동에 있는 한 고급 한정식집, 검찰총장 권태영은 민정수석 이기철이 방으로 들어오자 자리에서 일어나 고개를 숙였다.

검찰 기수로나 직위로나 이기철이 권태영의 상급자였다.

"아, 권 총장. 오랜만은요. 검찰 독립을 위해서는 나랑 자주 봐서 좋은 사이도 아니고."

이기철은 권태영을 바라보며 손을 내밀었고, 권태영은 이기철의 손을 맞잡았다.

"자, 앉읍시다."

이기철의 자리에 앉자마자 앞에 놓인 물잔을 벌컥 들이켜고는 권태영을 바라보았다.

"피차 바쁜 사람들이니 할 얘기부터 할까 하는데, 괜찮겠습니까?"

"네, 괜찮습니다."

권태영의 승낙에 이기철은 고개를 끄덕이고는 입을 열기 시작했다.

"이번 지선 결과에 대해 VIP가 아주 심각하게 생각하고 있습니다."

권태영은 이 자리에 나오기 전, 이 자리에서 나올 이야기들에 대해 추측했다.

이기철의 입에서 나온 이야기도 추측한 범위에 있었던 이야기다.

지방선거는 보통 정권 중반부에 열리는 정치 이벤트였는데, 정권의 신임도 조사와 같다고 생각했고, 지방선거 결과가 좋지 않자 이기철은 권태영을 찾아온 것이다.

"이제 임기 중반을 바라보는 정권인데 지지율이 계속 떨어져서야 되겠습니까?"

"사정 정국을 원하시는 겁니까?"

이기철은 자신의 말을 잘 알아듣는 권태영을 바라보며 고개를 끄덕였다.

"지지율을 끌어올리기 좋은 게 뭐겠습니까? 국민이 열광하는 것을 정권에서 해주면 되는 거 아니겠습니까?"

이기철의 말을 권태영은 가만히 듣고 있었다.

"며칠 후, 국무회의에서 대통령이 대기업들의 도덕 해이에 대해 질타를 하는 발언을 하실 겁니다."

"대기업이 대상이군요."

"그렇습니다. 최근에 대기업들의 부실, 방만 경영이 문제가 되는 뉴스들이 많이 나오고 있으니 적당한 시기가 아닐까 합니다."

"하지만, 오히려 표적 수사라는……."

"권 총장."

권태영이 자신의 의견을 말하려 하자 이기철은 인상을 찌푸린 채로 권태영을 바라보았다.

"검찰 내부에서 멋모르고 날뛰는 검사들을 그동안 우리가 가만히 두고 본 이유가 뭐라고 생각합니까?"

"……."

"권 총장이 VIP의 공약인 검찰 개혁을 훌륭히 실행했기 때문입니다. 검찰 개혁 이제 끝난 걸로 봐도 되지 않겠습니까? 남은 임기 6개월이던가요?"

이기철은 노골적으로 남은 임기를 지키고 싶으면 지금 하는 말에 토를 달지 말 것을 주문해 오고 있었다.

"검찰총장직을 마지막으로 공직을 끝낼 생각은 아니지 않습니까?"

이기철은 네 마음은 모두 알고 있다는 듯 권태영을 압박해 왔다.

"권 총장 입장에서도 임기를 무사히 잘 마치고 내려오는 게 앞으로 커리어에 도움이 될 거고 말입니다."

권태영은 속으로 고민하기 시작했다. 이기철의 말마따나 여기서 자신의 커리어를 끝낼 생각은 없었다.

"검찰은 행정부 조직이라는 거 잊지 마십시오. 그저 VIP가 명분을 검찰에 쥐여줄 뿐이니 칼을 휘두르는 건 검찰의 몫이 아니겠습니까?"

"……말씀 잘 알겠습니다."

권태영의 입에서 마지못한 승낙의 말이 흘러나오자 이기철은 웃으며 고개를 끄덕였다.

"역시 시원시원하십니다. 얼마 전에 권 총장이 아끼는 그 친구를 만났습니다."

"제가 아끼는 친구라면……?"

"현진우 말입니다."

이기철의 입에서 진우의 이름이 흘러나오자 권태영은 처음으로 미간을 찌푸렸다.

"알아보니 권 총장이 중수부 시절부터 키워온 유망주더군요."

"그렇습니다. 똑똑한 친구입니다."

"똑똑한 친구한테 일을 맡겨보시지요? 서울중앙지검 특수2부에 대기업 사정을 맡겨보시란 말입니다. 김인호 그 친구도 나와 안면이 좀 있고."

권태영은 이기철의 제의에서 좀처럼 찜찜함을 떨쳐 버리지 못했다.

"현 검사를 칼잡이로 쓰시려는 겁니까?"

"하하하, 그저 제일 잘 갈린 칼을 선택한 것뿐입니다. 다른 의도는 없으니 그런 표정 짓지 않아도 된단 말입니다. 이 말은 진심이고요."

이기철의 말에 권태영은 이기철의 표정을 살폈는데, 진심인 것 같았다. 권태영은 잠시 고민하다 고개를 끄덕였다.

“중앙지검 특수2부에 기업 비리 수사 주문하겠습니다.”

“하하하, 좋습니다. 좋아요. 동시에 경찰, 국세청, 공정위도 사정에 들어갈 예정이니 서로 잘 협조해 주시고요.”

“네, 알겠습니다.”

“좋습니다. 그럼 식사를 해볼까요?”

이기철은 웃으며 메뉴판을 들어 올렸고, 권태영은 그런 이기철을 굳은 표정으로 바라보았다.

✱

“다들 오늘 아침 신문 봤지?”

며칠 후, 서울중앙지검 특수2부 검사들은 여느 때와 같이 부장검사 김인호의 주재로 열리는 회의에 참여하고 있었다.

「대통령 관계 장관회의에서 최근 대기업 도덕적 해이 비판.」

「대통령, “몇몇 대기업들의 도덕적 해이, 경제 전반에 피해 및 부담 강요. 옳지 않아.”」

「여당 지도부, “대기업 탈법 처벌 강화.” 대통령과 한목

소리.」

「검찰, 공정위 '기업 사정', 숨죽이는 재계.」

「재계 전반 부정적 인식 "정국 주도권 잡기 위해 기업을 희생양으로 몰아."」

김인호는 오늘 아침 신문을 테이블 위로 툭 던지며 특수 2부 소속 검사 면면을 바라보았다.

"중앙지검 특수 1, 2부 검사 전원 대기업 사정 정국을 준비하라는 대검 지시다."

김인호의 말에 검사들은 놀란 표정을 지었다. 특수 1, 2부가 모두 동원된다면 사상 최대의 기업 사정 정국이 일어날 수 있었다.

"우리뿐 아니라, 국세청 조사4국에 공정위까지 투입될 예정이다."

진우는 오늘 아침 출근길 뉴스를 보고 상황은 대충 예측했지만, 생각보다 큰 규모에 놀랐다.

중앙지검 특수부 2개 부서를 포함한 대기업 저승사자라 불리는 국세청 조사4국, 경제 검찰이라 불리는 공정거래위원회까지.

대통령의 한마디에 사정 기관 모두는 수사 대상을 대기업으로 잡고 정조준하고 있었다.

"대규모 사정일수록 우리 기관끼리의 협조가 매우 중요

해진다. 내 말인즉슨, 다들 서로 협조해 주면서 사건 처리 하라는 말이야. 알겠어?"

"네, 알겠습니다."

김인호가 기관 간의 협조를 주문하자 진우를 비롯한 특수2부 검사들은 큰 소리로 답했다.

"특히 최근에 워크아웃(기업 개선 작업)을 몇 번 거치고도 정신 못 차리고 부실 운영하는 기업들 위주로 정보 수집하고."

김인호는 소속 검사들을 바라보며 굳은 표정으로 이야기를 이어나갔다.

"실수하지 말자. 다들 알겠지만, 이런 대규모 사정 정국에서 실패하면 바로 모가지다."

모든 여론이 집중되는 수사에서 실수한다면 앞으로 검사 생활을 보장할 수 없다는 김인호의 말에 소속원 모두가 고개를 끄덕였다.

"실적 안 내도 좋아. 의욕만 앞서서 오버하지 말자. 다들 알겠어?"

"네, 알겠습니다."

김인호의 물음에 회의에 참석한 모든 검사들은 우렁찬 목소리로 대꾸했다.

"좋아. 다들 정보 수집해서 수사 계획서 올려. 꼼꼼하게 봐! 대충해서 가져오면 결재 안 내줄 테니까."

"예, 알겠습니다."

"해산!"

회의가 끝나자 진우는 바로 부장검사실을 빠져나왔는데, 서필규가 진우의 옆으로 재빠르게 붙었다.

"현 프로, 뭐 따로 보던 사건 있어?"

서필규의 말에 진우는 고개를 가로저었다.

"아뇨, 없습니다. 정보관리과에서 정보를 몇 개 가져와야 할 것 같습니다."

"그래? 그럼 현 프로가 나보다 스타트 늦는 거다."

"선배님은 보시던 사건이 있으신가 보네요."

진우의 물음에 서필규는 음흉한 표정으로 진우를 바라보았다.

"하반기 모범검사는 이 선배가 탈 거니까 그렇게 알고 있어."

서필규의 말에 진우는 피식 웃음이 터져 나왔다.

"좋습니다. 그럼 하반기에 선배님께서 쏘시는 한우 먹을 날만 기다리고 있겠습니다."

"한우가 대수겠냐? 딱 기다려."

"예, 알겠습니다."

진우가 웃으며 답하자 서필규는 진우의 등을 두드려 주고는 자신의 방으로 들어섰다.

"다녀오셨습니까?"

진우가 검사실로 들어서자 수사관 김현태는 자리에서

일어나 진우의 곁으로 다가왔고, 진우는 회의에서 메모한 것을 김현태에게 건넸다.

"역시 대기업 사정의 시작이군요?"

"네, 우리가 조사하던 것 중에 기업 관련 범죄가 있었습니까?"

"아뇨, 최근엔 없었습니다. 정보 좀 받아올까요?"

"네, 기업 범죄 정보 위주로요. 부탁 좀 드리겠습니다."

"부탁은요, 그럼 다녀오도록 하겠습니다."

김현태가 그렇게 말하고, 검사실을 나가자 진우는 자리에 앉아 생각을 정리하기 시작했다.

'이맘때 사정 정국이 있었던가…….'

최근 있었던 지선에서 여당이 경제정책 실패로 패배하자, 청와대와 여당은 사정 정국을 택한 것 같았다.

'정치적 고려는 내가 할 게 아니니까.'

물론 정치적인 고려에 의해 사정 정국이 시작되겠지만, 진우는 평소 하던 일의 연장선이라고 생각을 정리했다.

따르릉-

그때, 검사실 가득 전화벨 소리가 울렸고, 실무관 이민정은 전화를 하다 진우를 바라보았다.

"검사님, 경찰청 특수수사과 민용기 경위님이라고 하시는데요. 검사님과 통화를 원하신다고 합니다."

"그래요? 제 자리로 넘겨주세요."

진우는 굉장히 오랜만에 듣는 이름에 웃으며 전화를 들어 올렸다.

"민 경위님, 오랜만입니다."

-검사님, 잘 지내셨죠? 죄송합니다. 제가 범죄자 검거 도중에 휴대전화를 잃어버려서요. 지금은 새 휴대전화를 샀는데, 검사님 전화번호가 날아가 버렸네요.

진우는 민용기가 왜 휴대전화가 아닌 검사실로 전화를 건 것인지 이제야 이해했다.

"아, 괜찮습니다. 전화 끊거든 번호 다시 보내 드릴게요. 그나저나 어쩐 일로 전화를 주셨습니까?"

-참, 검사님 잠시 시간 되십니까? 제가 지금 중앙지검으로 가겠습니다.

민용기의 말에 진우는 살짝 미간을 찌푸렸다. 민용기가 자신을 찾아오는 거라면 전화로는 말 못 할 볼일이라는 것이었다.

"전화로는 못 할 얘기입니까?"

-네. 그렇습니다.

"알겠습니다. 얼마나 걸리실까요?"

-30분 안에 넘어가겠습니다.

"지검 앞에 조용한 카페를 알고 있습니다. 전화 끊고 주소를 보내 드리겠습니다."

-네, 거기서 뵙겠습니다.

진우는 전화를 끊고, 휴대전화를 들어 민용기에게 주소를 보내고는 자리에서 일어나 재킷을 챙겨 입었다.

"실무관님, 잠시 손님 만나고 오도록 하겠습니다. 혹시 저 찾는 분 있으시면 메모 부탁드릴게요."

"네, 알겠습니다. 다녀오세요."

진우는 이민정의 배웅을 받으며 검사실을 벗어났다.

*

"검사님, 늦었습니다."

서초동에 있는 한 카페, 민용기는 들어오자마자 빠른 걸음으로 다가와 진우에게 사과했다.

진우는 손목에 걸친 시계를 보고 고개를 가로저었다.

"경위님, 겨우 2분 늦으셨습니다. 괜찮습니다. 앉으시죠."

진우는 웃으며 민용기와 악수를 하고는 자리에 앉았다. 진우는 숨을 헐떡이는 민용기의 앞에 아이스 커피를 건넸고, 민용기는 슬쩍 고개를 숙인 후 단숨에 커피를 들이마셨다.

"아이고, 뒷골이야."

민용기는 차가운 것을 급하게 마신 후유증인지 한참 뒷골을 주무르다 웃고 있는 진우를 바라보았다.

"제가 검사님을 뵙자고 말씀드린 건 다름이 아니라 사건을 하나 맡아주실 수 있나 부탁드리려고…….”

민용기는 굉장히 조심스러운 눈초리로 진우를 향해 얘기해 왔다.

“물론…… 오늘 아침 뉴스를 보니 윗선에서 사정 정국에 관해 얘기했다는 건 알고 있습니다. 우리 특수수사과도 사정 정국을 준비 중이고요. 혹시 검사님께서도?”

“네, 우리 부서도 대기업에 대한 사정을 준비 중입니다.”

진우의 말에 민용기는 안타깝다는 표정이었다.

“그래도, 한번 들어볼까요?”

진우는 여기까지 찾아온 민용기의 걸음이 헛되지 않도록 말했고, 민용기는 표정이 밝아지며 들고 온 서류 봉투를 진우에게 건넸다.

“여기 있습니다.”

진우는 서류 봉투의 봉인을 풀고 서류를 꺼내 읽기 시작했다.

한참 서류를 읽어 내려가던 진우의 눈썹은 시시각각 변해갔는데, 이내 미간을 찌푸린 채로 민용기를 바라보았다.

“내부고발입니까?”

“네, 공정위에 제 고등학교 동기가 있습니다. 얼마 전에 같이 술을 마시다가 이상한 소리를 하길래, 다음 날 불러놓고 얘기를 나눴더니 모든 걸 실토하더군요.”

민용기가 건넨 정보 서류엔 공정위 출신 인사들의 경력

세탁 건이 담겨 있었는데, 민용기의 동창이 공정위에서 그 일을 담당하고 있는 것으로 보였다.

"제가 너무 충격적인 걸 받은 거 같아서 그런데. 이 서류의 내용에 대해서 다시 한번 짚어보죠."

진우는 굳은 표정으로 민용기를 바라보았다.

"공정거래위원회 내부에서 퇴직자를 따로 관리하고 기업에 재취업을 시켜준다는 게 이 서류의 요점 같은데……."

"그렇습니다. 공정거래위원장 주도로 운영과장이 작성한 '바람직한 조직문화를 위한 퇴직자 관리 방안'이라는 서류를 만들어 퇴직자들이 대기업과 관련 공기업에 재취업할 수 있도록 관리해왔습니다."

공정거래위원회는 '경제 검찰'이라고 불릴 만큼 기업과 경제에 미치는 영향력이 상당하다.

"특히 퇴임 전까지 대기업을 조사하던 간부가 퇴임 후 대기업에 재취업하는 것은 다반사고, 공정위 고발 건에 대응하던 로펌에 재취업하는 일이 잦습니다."

"이것을 공정위 내부에서 관리해왔던 거고요?"

진우의 물음에 민용기는 고개를 끄덕였다.

공직자윤리법에 따르면 퇴직 직전 맡았던 업무가 재취업 대상 회사와 관련된 업무였을 경우 재취업이 불가능했다.

하지만, 민용기가 건넨 서류에서는 이 경력까지 공정위 내부에서 조직적으로 세탁을 했다고 나와 있었다.

"부위원장은 자신의 자녀를 혜성 자동차에 불법 취업까지 시켰다고 합니다."

민용기의 말에 진우는 잔뜩 굳은 표정으로 입을 열었다.

"문제는 2009년부터 시행되었다고 했는데, 그간 공정위원장이 두 번이 바뀌었습니다."

"바뀌어도 정책 그대로라고 합니다. 특히 현 공정위원장은 공정위 내부 출신이라 이전 공정위원장들보다 퇴임자들을 더 챙긴다고 얘기하더군요."

"대가성은요? 돈을 받은 겁니까?"

"돈을 받지 않았습니다만, 대기업 쪽에서는 공정위 간부들의 재취업을 챙겨주는 대신 받는 게 있었겠죠."

공정거래위원회에는 공정거래법을 위반하는 기업체에 대해 전속고발권을 가지고 있었다.

공정거래법 위반은 검찰에서도 공정위의 고발 없이는 입건 및 기소를 할 수 없었다.

"검찰에 고발하지 않고, 과태료 처분을 해버리면 기업 입장에서도 나쁘지 않은 거래 아니겠습니까?"

진우는 고민에 빠졌다.

한창 사정 정국이 시작되는 시점에 사정 기관인 공정위를 수사한다는 것은 사정 정국의 의의를 떨어뜨릴 수 있는 일이었다.

더군다나 지금 사정 정국에서 검찰과 공정위는 파트너

였다.

"아무래도 지금은 힘들겠죠?"

민용기 또한 같은 고민을 하는 듯했다.

경찰청 특수수사과 또한 다른 사정 기관과 똑같이 사정 정국에 동참하고 있었기 때문이다.

"제가 맡겠습니다."

진우는 결연한 표정으로 민용기를 바라보았다.

"민 경위님도 저라면 하겠다고 말하지 않을까 해서 가져오신 거 아닙니까?"

진우의 말에 민용기는 무안해진 듯 머리를 긁적였다. 진우라면 이 일을 그냥 넘기지 않을 거 같아 가져온 것은 사실이었다.

"예, 그렇긴 한데…… 이게 부담되면 다시 들고 가겠습니다. 혼자서 해볼 수 있……."

"같이하시죠."

진우는 이미 마음속으로 정했다는 듯 결연한 표정으로 민용기를 바라보았고, 민용기는 진우의 마음을 전달받았다는 듯 고개를 끄덕였다.

"감사합니다."

"인사받을 일은 아닌 것 같습니다."

진우의 말에 민용기는 웃으며 고개를 끄덕였다.

"이 자료는 제가 들고 가겠습니다. 일단 저도 저희 부장님을 설득해야 할 거 같아서요."

진우는 그렇게 말하며 서류를 챙겨 봉투에 넣은 후 자리에서 일어났다.

"내사 시작하면 연락드리겠습니다. 며칠만 기다려 주세요."

"이미 도와주겠다고 말씀해 주신 것만으로도 감사하게 생각하고 있습니다."

진우와 민용기는 웃으며 손을 맞잡은 후 헤어졌고, 진우는 지검으로 향했다.

검찰

CHAPTER 4

"뭐야? 벌써 수사 계획서 나온 거야?"

민용기와의 만남 이후 진우는 지검으로 바로 돌아와 수사 계획서를 작성한 후 부장검사실을 찾아갔다.

부장검사 김인호는 진우가 서류를 들고 들어오자 놀란 표정으로 사무실 가운데 있는 소파로 다가오며 진우를 향해 말했다.

"현 프로, 미리 준비하던 수사가 있었나 보네?"

"경찰청 특수수사과에 아는 형사님께 받아온 정보입니다."

"경찰? 특수수사과에도 인맥이 있었어?"

"네, 방산 비리 합동수사단에 파견됐을 때 만난 분입니다."

"아아, 그런 적이 있었지. 한번 볼까? 앉아."

김인호는 진우를 향해 그렇게 말하며 서류를 들어 올렸다.

진우는 긴장되는 표정으로 김인호를 바라보았고, 김인호의 표정은 진우가 그러했던 것처럼 시시각각 변해갔는데, 이내 더는 못 견디겠다는 듯 서류를 내려놓고 진우를 바라보았다.

"내가 잘못 본 거 아니지?"

"공정위에서 조직적으로 대기업에 퇴직자 재취업을……."

"아니, 내가 알고 싶은 건 그게 아니란 거 너도 알고 있잖아? 일부러 그러는 건가?"

"아닙니다."

"아닌데! 이걸 왜 지금 하필! 지금 들고 왔어?"

김인호는 굳은 표정으로 자신을 바라보고 있는 진우를 보며 미쳐 버릴 것만 같은 심정이었다.

어떻게 매번 귀신같이 이런 종류의 사건을 물어오는 것도 신기했고, 조직 내에서 자신의 목숨이 하루살이보다 못한 존재라는 걸 알면서도 어쩜 하나같이 위험한 사건만 물어오는지도 궁금했다.

물론 김인호는 알고 있었다. 자신의 앞에 앉은 평검사는 정치적 고려 없이 그저 범죄 사실만을 쫓고 있다는 걸 말이다.

"수사하고 싶습니다."

"허……."

대뜸 수사하고 싶다고 말해오는 진우의 뻔뻔함에 김인호는 정말 기가 찰 노릇이었다.

뭐라 한 소리 해주고 싶었지만, 결국 수사를 허락하게 될 거라는 건 김인호 본인이 더 잘 알고 있었다.

"그래서 어디서부터 시작할 건데?"

진우는 수사 계획을 물어오는 김인호를 바라보며 입을 열기 시작했다.

"공정위 내부에 공익신고자가 있습니다."

"공익신고자? 내부고발이란 말이야?"

"네, 서류를 보셨으니 아시겠지만, 간부들의 공정위 내부 경력 세탁하는 해당 업무에 참여한 직원 같습니다."

"그리고?"

"큰 이상이 없는 이상 무리 없이 기소까지 할 수 있을 거 같습니다. 아무래도 공직자윤리법을 어기기도 했고, 이 일에 공정위원장이 관여되어 있다면 그것 또한 불법이니까요."

김인호는 막힘없이 술술 말해오는 진우를 바라보며 헛웃음이 절로 나왔다.

"그리고, 이 과정에서 기업들이 관여되어 있다면, 그것 또한 불법이 확실하니 기업 사정이라는 취지에도……."

"기껏 생각해 낸다는 변명이 그거야?"

김인호의 물음에 진우는 말문이 턱 하니 막혔다.

내심 고민을 거듭하고 생각해 낸 말이었는데, 역시 급조한 티가 났나 보다.

"윗선에서 원하는 건 이 사정 정국도 그렇지만, 본인들이 우리 검찰이나 국세청 공정위를 완벽하게 컨트롤 하고 있다는 걸 보여주고 싶어했어. 알아?"

"대충은 예상하고 있었습니다."

"어휴, 말린다고 안 할 인간도 아니고. 하고 싶으면 해야지 어쩌겠냐?"

"죄송합니다."

"응원한다고 말해놓고 인제 와서 또 안 된다고 말하기도 뭐하고 아휴! 내사 철저하게 하고, 결과보고서 확실하게 올려. 내사 결과보고서가 내 마음에 안 들면 차장검사님 선까지 올라갈 일 없다. 알겠어?"

김인호의 승낙이 떨어지자 진우는 씩 웃으며 자리에서 일어나 고개를 숙였다.

"감사합니다."

"됐으니까, 어서 서류 가지고 네 방으로 가라. 꼴도 보기 싫다."

진우는 김인호 말이 농담인 걸 알았다.

다시 한번 웃으며 고개를 숙여 인사하고는 부장검사실을 빠져나와 검사실로 향했다.

*

다음 날, 진우는 지검 조사실이 아닌 한 숙박업소에서 민용기와 함께 공정위 내부의 공익 제보자를 만나고 있었다.

아무래도 공익 제보자를 참고인 조사 한다는 것은 조심스러워야 했다.

지검 내에서 조사한다든가 열린 공간에서 조사한다면 누군가에 눈에 띄게 되고, 그것이 전혀 관련 없는 사람과 접촉이라고 하더라도 공익 제보자에게는 껄끄러울 수 있었기 때문이다.

"반갑습니다. 서울중앙지검 특수2부 현진우입니다."

"안녕하세요…… 공정위 운영지원과 사무관 박선규입니다."

박선규는 굉장히 떨리는 듯한 목소리로 인사하며 진우의 손을 맞잡았다.

"앉을까요?"

진우는 방 한편에 있는 테이블을 가리켰고, 그 자리에 세 사람이 둘러앉아 조사가 시작되었다.

"처음부터 얘기를 듣고 싶은데 괜찮겠습니까? 물론 지금 하신 증언들은 모두 공익신고자 보호법에 따라 보호받으실 겁니다."

진우의 말에 박선규는 잠시 고민을 하다 입을 열기 시작했다.

"지난 2009년 운영지원과장의 명령으로 공정위 내부의 정년퇴직자들을 재취업시킨다는 명분의 보고서를 작성했습니다."

박선규는 침을 꼴깍 삼키며 진우를 향해 이야기를 이어나갔다.

"그리고 최근에는 보고서 자체를 파기하라는 명령까지 받고 있습니다. 만약 이 일을 제가 하게 된다면, 저는 후일에 이 일이 밝혀지게 되면 증거인멸의 당사자가 될 것이 뻔합니다."

진우는 박선규를 향해 질문하기보다는 그저 그의 말을 들으며 문서파일로 옮겨 적고 있었다.

"문건에는 정년 퇴임을 2년 앞둔 58세의 퇴직 예정 간부들 리스트를 짜고, 기업들에게 소개를 해준다는 내용을 담았습니다."

박선규는 조심스레 이야기를 이어나갔다.

"어디까지나 내부의 인사 적체를 해결한다는 방안이라는 단서를 달라고 지시받았습니다만, 재취업 대상 기업을 조사하던 분들을 몇 개월간 직무 배제 후 다시 재취업시키는 경력 세탁까지 번졌습니다."

박선규는 자신이 한 일에 대해 자괴감을 느끼고 있는 것 같았다.

"그러고는 기업을 불러 "추천"이라는 명목하에 재취업을 알선했습니다. 국장급인 2급 퇴직자의 경우는 고문이라는 직책으로, 과장급인 3, 4급의 경우는 임원, 저와 같은 5급 출신의 퇴직자들은 2억 5천만 원, 7·9급 퇴직자는 1억 5천만 원……."

"잠시만요. 그게 무슨 말입니까?"

"연봉뿐만 아니라 직급까지 도표로 만들어 계획하고 실행했습니다."

"대기업에 그런 식의 조건을 내밀었단 말입니까?"

"네, 그렇습니다."

진우는 기가 차기 시작했다.

공정위가 전문적인 헤드헌팅(head hunting, 전문 인력 중개) 업체들과 같이 행동을 하고 있었다는 말이다.

"이 일을 계획하고 실행한 사람이 운영지원과장이라고 하셨습니까?"

"맞습니다. 이정호 당시 운영과장이었습니다."

"운영지원과장이라면 박 사무관님의 상급자였겠군요?"

"그렇습니다. 내부의 인사 적체를 해결했다는 평가를 받아 사무처장으로 승진했고, 현재는 퇴직하고 대기업 사외이사로 가 있습니다."

"윗선에서는 알았습니까?"

진우의 물음에 박선규는 고개를 끄덕였다.

"알았다 정도로 끝난 일이 아닙니다."

박선규는 작심한 듯 진우를 바라보며 이야기를 이어나갔다.

"이 계획을 작성한 이정호 운영지원과장이 당시 공정위원장과 부위원장에게 보고했으며, 그들은 큰 칭찬과 함께 전폭적인 지원을 받았습니다."

"혹시 현재도 이와 같은 계획이……."

"진행 중입니다. 현 공정위원장 또한 알고 있는 사안입니다. 다만, 앞서 말씀드렸듯 최근에는 퇴직한 이정호가 현직자들을 통해 자신이 작성한 보고서는 폐기하고 새로운 보고서를 현재 운영과장 명의로 만들라고 압박해 오고 있습니다."

박선규는 모든 걸 결심했다는 듯 사실대로 쏟아내고 있었다.

"특히, 이정호는 자기 아들을 혜성 자동차에 입사시키는 등 기업들을 상대로 여러 차례 갑질을 해온 것으로 알고 있습니다."

"기업들은 그동안 그대로 따른 겁니까?"

진우의 물음에 박선규는 고개를 끄덕였다.

공정위는 자신들의 독점적 지위를 이용해 기업을 자회사 부리듯 부려왔다는 얘기였다.

거기에 공정위 간부들은 이와 같은 내용을 어떠한 양심

의 가책도 없이 본분을 잊은 채로 행동해 왔다.

"그렇다면 기업들에게도 무언가 인센티브가 있었겠죠?"

"그 부분까지는 제가 권한이 없어서 잘 모르겠습니다만, 내부 조사관들 사이로 알음알음 소문이 돈 것 정도는 있습니다."

"소문이라 하면?"

"원래 같았으면 검찰에 고발해야 하는 사건들을 과태료 처분으로 끝내는 일들이 왕왕 있었고, 대기업으로 재취업한 고위직 퇴직자들이 공정위 조사에 대해 개입을 해오는 일이 잦아, 조사관들의 불만이 터져 나왔습니다."

박선규의 말에 진우는 머릿속으로 그림이 그려졌다.

다른 사정 기관들은 특별사법경찰 관리로 불리는 특사경의 권한을 가지고 있었다.

이 말인즉슨, 특별한 사항에 한정하여 직접 수사권을 가진 기관이라는 말이었다.

하지만 공정위는 이 특사경 권한을 계속해서 거부해 왔다.

특사경 권한을 갖는다면 법에 따라 검사의 지휘를 받아 움직여야 했다. 공정위는 이 부분에서 독점적 지위를 잃고 싶지 않아 했다.

"검사님도 아시다시피 공정거래법 위반은 검찰이 단독 기소를 하더라도……."

"법원에서 공소를 기각당하죠."

"네. 우리 기관의 독점적 지위니까요."

공정거래위원회는 공정거래법 위반에 대한 전속 고발권을 가지고 있었다.

검찰이 별건으로 공정거래법 위반을 인지하더라도 공정위의 고발 없이는 기소할 수 없었다.

"그럼 연루된 기업은 어디입니까?"

진우의 물음에 박선규는 가방에서 서류를 꺼내 진우에게 건넸다.

"제가 따로 정리한 퇴직자들이 재취업한 기업의 명단입니다."

"고맙습니다. 박 사무관님의 증언이 큰 힘이 될 것 같습니다."

"꼭 좀 부탁드리겠습니다."

진우는 노트북을 덮고, 자리에서 일어났다.

"말씀드렸듯 저는 최대한 박 사무관님을 보호해 드리겠습니다. 혹시 무슨 일 있으면 이 번호로 연락해 주시고요."

진우는 자신의 명함을 건넸다.

"저와 연락이 불편하시다면 민 경위님을 통해 연락해 주셔도 됩니다. 감사합니다."

"저도 수사 잘 부탁드리겠습니다. 저희 조직이 무너지는 걸 보고 있기가 힘이 듭니다. 후에 또 어떤 일들이 터질지도 두렵고요."

"알겠습니다."

진우는 다시 한번 박선규와 손을 맞잡고 인사를 한 이후 방을 나섰다.

*

"……이야, 어디서 이런 사건만 물어오냐? 김 부장한테 들었던 거보다 진우한테 직접 들으니까 충격이 더 세네."

다음 날, 진우는 차장검사실에서 이재윤에게 내사 내용을 보고하고 있었다.

"진짜 이것도 능력이긴 해. 검사로선 참 좋은 능력인데, 특수부 검사로선 좀 피해줬으면 하는 능력이네. 안 그러냐 김 부장?"

차장검사 이재윤의 말에 김인호는 이미 포기했다는 듯한 표정을 지었고, 이재윤은 웃으며 진우를 바라보았다.

"현 프로."

"네, 차장님."

"잘 받아왔다. 보고서에 적힌 이런 행동들이 사정 정국을 방해하는 암초가 될 수도 있어."

아무래도 이재윤은 어쨌거나 진우가 수사를 계속할 거라는 걸 알고 있었다.

초기부터 반대할 바엔 칭찬하는 것이 더 좋겠다고 생각

했다.

진우는 의외의 반응에 놀란 표정을 지었다가 이내 고개를 숙였다.

"감사합니다."

"이제 어떻게 할 거야?"

"일단 기업의 인사 담당자들을 불러 뭔가 오간 게 없는지 물어보려고 합니다."

"이 명단 중에 실제로 공정위 조사를 받고 과태료 처분받은 기업들은?"

"명단에는 열 개의 업체가 적혀 있습니다만, 10년 이내에 과태료 처분을 받은 업체는 두 곳밖에 없습니다."

"음, 그러면 그 두 곳은 나중에 부르고 다른 업체부터 불러서 시작해 보자."

"네, 알겠습니다."

진우의 말에 이재윤은 고개를 끄덕이더니 자리에서 일어나 자신의 자리로 향했다.

그러고는 책상 위에 있는 만년필을 들고 보고서에 사인했다.

"김 부장, 이거 내가 결재했다. 현 프로 수사하는 거 지원해 줘."

"하지만 윗선에서는……."

"윗선 외압 막으라고 내가 차장 달고 있는 거고, 네가 부장 달고 있는 거니까 우리는 우리 할 일 하자고."

이재윤의 승낙이 나온 이상 김인호 또한 반대할 명분이 없었다.

"네, 알겠습니다."

"특히 그 재취업에 연루된 대기업을 조사하는 건 사정 취지에 맞으니까 언론 취재 들어오면 그런 식으로 설명하고, 그런 거 있잖아? 사정 정국에 들어가기 전 이런 것들부터 정리해야 된다고 느꼈다."

"대충 둘러대란 말씀 알겠습니다."

김인호의 답이 있자 이재윤은 피식 웃으며 서류를 다시 진우에게 건넸다.

"열심히 해봐."

"차장님과 부장님께 늘 감사하고 있습니다."

"말이라도 고맙네요. 가봐. 이런 일은 정보 새어 나가기 전에 처리해야 하니까."

"네. 알겠습니다."

진우는 이재윤과 김인호를 향해 고개를 숙여 인사하고는 차장검사실을 빠져나왔다.

*

"검사님, 아닌 말로 공정위 부위원장이 우리 기업을 불러다가 직원들 데려다 쓰라고 하는데 우리가 어떻게 그냥 넘어갑니까?"

일주일 후, 진우는 공익 제보자 박선규가 건넨 명단에 적힌 기업체의 인사 실무자를 불러 조사하고 있었다.

인사 실무자는 진우를 향해 억울하다는 표정으로 말을 해왔다.

"우리 회사도 그래요. 처음엔 그냥 불러다가 하는 말인 줄 알고 듣기만 하고 가만히 있었더니."

인사 실무자는 테이블 위에 놓인 물을 한잔 들이켜고는 이야기를 이어나갔다.

"우리가 반응이 없다고 대관팀 직원들을 불러다가 쪼기 시작하는 거예요. 인사팀 애들은 우리 말이 장난인 줄 안다. 진짜 우리가 실력 행사를 해야겠냐."

"누가 말입니까?"

"그 왜 운영지원과장 하다가 사무처장 된 사람 있잖아요."

공정위 내부 공익 제보에 따르면 재취업 계획을 처음 만들어낸 인물과 기업의 인사팀 실무자가 말하는 인물은 동일해 보였다.

"이정호 사무처장을 말하는 겁니까?"

"네, 그 양반이요. 어쨌든, 그때부터는 대관팀 애들이 하루가 멀다 하고 우리 팀 사무실을 찾아오는데."

대관팀은 관(官)을 상대하는 기업 소속의 부서였다. 대외

협력팀, 기획팀 등등 대기업에는 관을 상대하는 부서가 존재했다.

"어쩔 수가 있나. 그래서 이력서 받아오라고 했더니 웬걸. 그냥 과장급 이력서를 받아오더라고요. 이건 안 된다고 했더니, 한 달 후에 승진했는지 고공단 나급 직함을 달고 있더라고요."

"퇴직 예정자를 승진시켜 줬다는 말입니까?"

"네, 뭐 우리 처지에서도 고위공무원단에 속한 사람이 와야 해당 기관에 방귀 좀 뀐다고 하지. 애초에 전관을 영입하는 이유가 뭐겠습니까? 인맥 하나 보고 하는 거 아니겠습니까? 현직자와의 인맥 말입니다."

인사팀 담당자는 이 기회가 좋은 기회라는 듯 진우에게 술술 모든 것을 말하고 있었다.

"승진 후에는?"

"받아들였죠. 근데 또 웃긴 게 공정위에서 지침이 내려왔습니다. 정년 퇴임까지 2년 남은 인물이니 계약 2년만 하라고."

"명령을 한 거네요."

"그렇죠. 얼마나 관리질 해대는지, 어휴, 다시는 상대하기 싫습니다. 진짜로."

이 건을 처음 생각해 낸 이정호라는 사람은 정말 이 행위가 불법이라는 것이라고 생각하지 않는 듯 행동했다.

처음 이 계획을 실행할 때처럼 인사 적체를 해결하기 위해 퇴직 전 인물들을 기업으로 인사이동시키는 거라 생각한 것 같았다.

대기업 실무자의 진술에 따르면 대기업을 계열사 대하듯 인사 지침까지 내리고 있었다.

"그렇게 그 사람을 취업시켜 주고 태주산업에서 받은 건 있습니까? 공정거래법 조사를 무마해 줬다든가……."

"아이고, 검사님 큰일 날 소리를 하십니다. 따로 조사해 보시면 알겠지만, 공정위에 아쉬운 소리 들을 행실? 하지 않았습니다. 그러니까 내가 재취업을 여러 번 거절한 거고."

"그런데 결국 해주시지 않았습니까?"

"귀찮으니까요. 법을 집행하는 인간들이…… 아이고, 미안합니다."

인사 실무자는 자신이 실수한 걸 깨닫고는 입을 가렸고, 진우는 계속 얘기해 보라는 듯 고개를 끄덕였다.

"공정위와 같이 전속고발권을 가지고 있는 조직에서 그렇게 말해오면 누가 그냥 넘어가겠습니까? 그 인간들이 털어서 먼지 정도 못 만들겠습니까? 귀찮아질 바에는 그냥……."

상대의 말을 듣던 진우는 고개를 끄덕였다.

이 일은 몇몇 기업을 빼고는 앞에 앉은 남자가 말한 것처럼 후일이 귀찮아질까 대응을 했을 뿐일 것이다.

"어쨌거나 이 기회에 공정위의 그런 갑질들 좀 없애주십시오.”

상대의 말이 끝나자 지우는 고개를 끄덕였다.

“감사합니다. 선생님의 진술이 수사에 꽤 많은 도움을 줄 겁니다.”

진우의 말에 상대는 표정이 환해지며 자리에서 일어났다.

“그럼 이만 가 보겠습니다.”

상대는 진우를 향해 고개를 숙였고, 진우도 자리에서 일어나 고개를 숙였다.

기업의 인사 실무자가 검사실을 나가자 수사관 김현태는 자리에서 일어나 진우를 향해 다가왔다.

“생각보다 갑질이 심하긴 했네요.”

“네, 들어보니 위계에 의한 업무방해는 걸고 시작할 수 있겠습니다.”

“이제 남은 건 이 계획을 만들었다는 이정호를 부르는 수밖엔 없을 거 같습니다.”

“네, 자기 아들도 혜성 자동차에 입사시켰다는 소리도 있고, 다른 기업들은 조사를 무마해 주는 선에서 봐줬다는 말도 있으니까요.”

진우는 그렇게 말하며 자리에 앉아 무언가 서류를 작성하기 시작했다.

“사전 구속영장부터 치시려고요?”

“네, 내사 단계에서 증거가 확실하니 소환 일정 조율하고 이럴 필요는 없을 것 같습니다. 자신의 명의로 작성된 보고서를 폐기하라며 현직자들을 통해 압박하고 있다는 걸 보면, 증거인멸의 가능성도 있고요."

사전구속영장은 체포 전 구속영장을 받아 체포와 동시에 구속을 할 수 있는 영장이었다. 조사 후 구속하는 구속영장과 다르게 발부 또한 까다로웠지만, 이번 일은 무리 없이 발부될 거라 진우는 생각했다.

"영장 발부되는 대로 이정호를 바로 체포할 수 있도록 준비해 주십시오. 부장님께 결재받아 오겠습니다."

진우는 작성한 서류를 출력해 들고 재킷을 챙겨 입으며 김현태에게 말하며 검사실을 나섰다.

✻

「[단독] 공정위 퇴직자 대기업에 재취업시키려 채용 청탁? 법원, 이정호 전 부위원장 사전구속영장 발부.」

「사정 정국, 엉뚱하게 공정위 향하는 검찰의 칼날.」

「검찰, "기업 범죄 정보 관련해 인지한 사건." 사정 주도권 싸움이라는 평가에 반박.」

「전 부위원장 구속에 숨죽이는 공정거래위원회…….」

「기업 "올 게 왔다 생각, 검찰에서 확실하게 밝혀줬으면……."」

이틀 후, 사전구속영장 발부와 함께 진우의 공정위 수사는 언론을 타게 되었고, 사정 정국의 첫 수사 대상을 점치던 언론들은 첫 수사 대상이 공정위가 되자 계속해서 기사를 재생산해 내며 정국을 얼어붙게 만들고 있었다.

"검찰에서 이 문건을 어떻게 안 겁니까?"

검찰의 수사를 알리는 언론보도가 있자, 세종시에 있는 공정거래위원회 청사에서는 공정거래위원장과 부위원장이 독대를 나누고 있었다.

"저도 미치고 팔짝 뛸 노릇입니다."

위원장의 물음에 부위원장은 경위를 알 수 없어 답답하다는 듯 위원장을 향해 인상을 잔뜩 찌푸렸다.

"지금은 구속된 이정호 전 사무처장이 저와 담당자에게 연락해 문건을 파기하라 말했었습니다."

"이정호 사무처장이요?"

부위원장의 말에 공정위원장은 놀랍다는 듯 되물었고, 부위원장은 고개를 끄덕였다.

"예, 그 양반이 퇴직하기는 했어도 당시 이 계획을 수립하기도 했고, 운영지원과 직원들이 그 양반 현역일 때 부하 직원들이라……."

"그래서 어떻게 됐습니까?"

"나오기 전에 확인해 보니 문서는 파기되었습니다."

부위원장의 말에 공정위원장은 못마땅한 듯 입술을 짓씹으며 생각에 빠졌다.

"그런데 이 문서가 정확한 이름과 함께 어떻게 검찰에 유출되었습니까? 이정호 부위원장은 구속까지 되었어요!"

공정위원장은 한참 사정 정국을 준비해 가던 찰나 검찰의 수사가 시작되자 상당히 난감할 지경이었다.

자신의 부임 이후 첫 사정 정국이라 칼을 갈고 있었는데 느닷없이 옆구리를 한대 얻어맞고 조직 내의 공격 의지가 한풀 꺾여 버린 모습이었다.

"내부에 문서를 유출한 사람이 있는 거 아닙니까?"

위원장의 물음에 부위원장은 고개를 끄덕였다.

"제 생각도 위원장님과 같습니다. 누군가 문서를 삭제 전 따로 보관해 둔 것 같습니다."

"이 일을 누가 알고 있습니까?"

"구속된 이정호를 제외하면, 위원장님과 저, 그리고 운영지원과장과 몇몇 직원뿐입니다."

"은밀하게 내부 조사를 돌려볼 수 있겠습니까?"

위원장의 말에 부위원장은 자못 놀란 표정으로 위원장을 바라보았다.

"내부 유출자를 색출하실 생각입니까? 공익신고 보호법이……."

"부위원장은 내부의 폭탄을 계속 안고 일할 수 있겠습니까? 아닌 말로 내가 지금 부위원장을 의심한다면 부위원장은 벗어날 수 있겠습니까?"

그 말에 부위원장은 낙담한 표정으로 위원장을 바라보았다.

"위, 위원장님 저는 정말 아닙니다."

"알고 있습니다! 아니까 확실하게 하고 가자는 말입니다. 내부 유출자 색출할 수 있겠습니까?"

노발대발하는 위원장을 보며 부위원장은 찝찝한 표정으로 고개를 끄덕였다.

"은밀하게 조사해 보겠습니다."

"은밀하되 빨라야 합니다. 검찰에서 제대로 수사 들어오기 전에 이정호 혼자의 짐으로 떠넘기려거든 빠르게 내부 단속부터 해야 하니까요. 알겠습니까?"

"네. 알겠습니다."

공정거래위원장은 부위원장의 답에 만족스럽다는 듯 고개를 끄덕였다.

*

"김 계장님, 이정호 씨 다시 구치소로 보내주십시오."

조사실 문을 닫고 나오는 진우는 진이 다 빠진 표정으로 수사관 김현태를 향해 말했다.

"네, 알겠습니다."

이정호는 끝까지 입을 열지 않았다. 자신을 향한 증거가 여러 가지 산적해 있음에도 그와 그의 변호인은 진우의 물음에 묵비권을 행사했다.

'법정에서 다투겠다는 얘긴가?'

이미 구속된 이상 검찰의 조사에 대응할 필요가 없다고 느낀 것인지, 아니면 무언가 더 있는데 그것을 지키기 위해 입을 다물고 있는 것인지 진우는 알 수 없었다.

검사실로 돌아온 진우는 자신의 자리에 앉아 심각한 표정으로 상념에 빠져 있었다.

탁-

책상 위에 무언가 내려지는 소리에 진우는 정신을 차리고 고개를 돌렸는데, 김현태가 차가운 음료수를 책상 위에 내려놓는 소리였다.

"감사합니다."

"검사님 표정이 너무 좋지 않은 것 같아서요. 제가 방해되었습니까?"

"아닙니다. 좋은 타이밍이었습니다."

진우는 웃으며 김현태가 내려놓은 음료수를 따 벌컥 들이켰다.

"그나저나 이정호 측은 법정에서 죄를 다투려고 하는 걸까요?"

진우가 하는 조사를 밖에서 지켜본 수사관 김현태는 진우와 비슷한 답을 내어놓았다.

“글쎄요. 더 중한 죄를 감추는 걸 수도 있고요.”

진우의 추측에 김현태는 고개를 끄덕였다.

“이제 어떻게 하실 예정입니까?”

“일단, 명단에 있는 기업 중 퇴직자들을 재취업시켜 주고 수사 무마 혜택을 받은 것으로 보이는 혜성 자동차와 제일 중공업 담당자들 소환합시다.”

진우는 이정호가 입을 다문 이상 퇴직자들이 대기업으로의 재취업 과정에서 대가성이 오갔는지, 혹은 이정호 개인이 착복한 뇌물이 있는지에 대해 조사하는 것이 우선이라 느꼈다.

“알겠습니다. 둘 다 참고인으로…….”

“네, 참고인으로 소환해 주세요.”

진우의 말에 김현태는 자신의 자리로 돌아가 열심히 타이핑을 하기 시작했고, 진우 또한 생각을 마치고 소환 후를 준비하기 시작했다.

“검사님.”

한참 동안 키보드 타자 소리가 가득 메우던 검사실에서 자신을 부르는 김현태의 목소리가 들려오자 진우는 고개를 돌렸다.

“혜성 자동차 관계자 명의로 이미 소환장을 발부한 기록이 있습니다."

김현태의 말에 진우는 놀란 표정을 지었다.

"그게 무슨 말씀입니까? 우리 부서에서 누군가 우리가 소환하려는 사람에게 소환장을 발부했단 말입니까?"

진우의 물음에 김현태는 고개를 끄덕이며 진우에게 다가와 서류를 한 장 건넸다.

"네, 서필규 검사님께서 이미 피의자로 소환장을 발부하셨습니다."

김현태의 말대로 서필규가 이미 혜성 자동차의 관계자에게 소환장을 보낸 기록이 있었다.

진우는 자리에서 일어나 재킷을 챙겨 입었다.

"서 검사님 방에 좀 다녀오겠습니다."

'필규 선배가 준비했다고 말하던 사건이 혜성 자동차랑 관계되어 있었던 건가?'

검사실을 빠져나와 서필규의 방으로 향하는 진우의 표정에는 의문이 가득했다.

똑똑-

서필규 검사실 앞에 선 진우는 노크하고는 문을 열었고, 방 안에 있는 모두의 시선이 진우에게로 향했다.

"어, 현 프로."

서필규는 진우를 보고는 알은체를 해왔고, 진우는 방에

들어서자마자 서필규 검사실의 수사관과 실무관을 향해 인사했다.

"최 계장님, 오 실무관님 잘 지내시죠?"

"그럼요. 가까운데 정말 뵙기가 힘드네요."

최태섭과 오선아는 오랜만에 보는 진우를 향해 반갑다는 듯 인사를 해왔고, 진우도 웃으며 그들과 잠시 얘기를 나눈 후 서필규를 바라보았다.

"선배님, 잠시 말씀 좀 나눴으면 하는데 시간 괜찮으십니까?"

진우의 물음에 서필규는 미간을 찌푸리며 진우를 바라보았다.

"방에서 하기엔 좀 그런 얘긴가 보네?"

"그런 건 아닙니다. 얘기가 좀 길어질 거 같아서요."

서필규는 기지개를 켜더니 자리에서 일어나며 고개를 끄덕였다.

"그래, 잠시 쉬는 것도 나쁘지 않지. 휴게실로 갈까?"

서필규는 그렇게 말하며 앞장서서 걸었고, 진우는 검사실 식구들에게 인사를 하고는 서필규를 따라나섰다.

"뭐 마실래?"

"제가 사겠습니다."

"어허, 나 동전 많아. 뭐 마실 거야?"

"저는 율무차로……."

"율무차? 좋지. 나도 율무차나 때려야겠다."

서필규는 자판기 앞에 서서 율무차 두 잔을 뽑아 컵 하나를 진우의 앞에 내려놓고는 맞은편에 앉았다.

"다른 사람도 아니고, 현 프로 네가 좀 보자고 하니까 뭐라고 해올지 예측을 못 하겠네."

진우는 웃으며 율무차를 호로록 마셨다.

"무슨 일이야?"

"혹시 선배님, 이번에 혜성 자동차 인사팀 관계자 소환 예정이십니까?"

진우의 물음에 서필규는 두 눈을 크게 뜨고는 놀란 표정으로 진우를 바라보았다.

"네가 어떻게 알아? 내가 저번에 말한 거 있지? 그 왜 준비 중이라던 사건. 그게 그거야."

"무슨 일인지 여쭤봐도 되겠습니까?"

"현 프로도 흥미가 당기나 보네."

진우가 관심을 가지자 서필규는 신이 난 표정으로 입을 열기 시작했다.

"혜성 자동차에서 최근 취업 비리가 잦다는 정보를 입수했어. 내가 아는 기자 중에 기업 전문 기자가 있는데. 꽤 심각한가 보더라고 고위 임원직에 낙하산들이 시도 때도 없이 꽂힌다는데."

"그렇습니까?"

"그래, 고위직뿐만 아니라 눈에 안 보이는 팀들 있잖아."

"눈에 안 보이는 팀이라면……?"

"연구소나 기업 소유의 연수원 같은 곳 말이야. 그런 쪽으로 낙하산들이 많이 꽂힌다더라고. 거기서 냄새가 좀 많이 났지."

서필규의 말에 진우는 고개를 끄덕였다.

보이지 않는 곳에 낙하산 인사가 계속된다면 서필규가 가진 의심을 본인도 가졌을 것이다.

"좀 더 파보니까 혜성 자동차 본인들뿐 아니라 1차 하청업체들에도 감사나 사외이사로 많이 보냈더라고."

"갑자기 동시다발적으로 낙하산들이 쏟아져 들어올 이유가 있었을까요?"

진우의 물음에 서필규는 씩 웃으며 고개를 끄덕였다.

"알아보니, 혜성 자동차에서 JS 자동차를 인수하려고 준비 중이더라고."

서필규의 말에 진우는 머릿속으로 그림을 그리기 시작했다.

"낙하산으로 입사한 사람들 명단도 화려해. 전 산업은행장, 기획재정부 전 차관, 국토교통부 전 국장급에 대통령직 인수위원장까지……. 고위공무원단 출신들은 혜성 자동차 신입사원 연수원에 발령받았다니까? 알아보니 일주일에 이틀도 출근을 안 하더라."

서필규는 기가 찬다는 듯 헛웃음을 뱉으며 진우를 바라보았다.

"이게 뭐겠냐? 다 자기들이 JS 자동차를 인수하는 데 유리하게 해줄 전관들 다 영입한 거야."

진우가 그린 그림과 똑같은 답을 서필규가 말해오고 있었다.

"그나저나 현 프로 너는 왜 관심을 가지는 거야?"

서필규의 물음에 진우는 준비했던 서류를 그에게 건넸고, 서필규는 의문스러운 얼굴로 서류를 살피기 시작했다.

이윽고, 서류를 확인한 서필규는 놀란 표정으로 진우를 바라보았다.

"그러니까 공정위 내부에서 퇴직자 대상으로 대기업에 재취업 계획을 짠 인간이 구속되었고, 그 인간이 혜성 자동차와 연관 있다는 말이야?"

"네, 이 사람의 아들이 취업한 곳이 선배께서 말씀하신 혜성 자동차 신입사원 연수원입니다."

진우는 고개를 끄덕이며 서필규를 바라보았다.

"그리고 혜성 자동차는 지난 공정거래법 위반 조사에서 공정위로부터 과태료만 부과받고 검찰에 고발하지 않는 선에서 끝났고요."

"한 가지 더 있는 거 같다."

"공정거래법에 따르면 기업합병은 공정위에서 심사하니

까요.”

현행법상 기업 간의 합병과 인수는 공정위 신고 사항이었고, 공정거래위원회는 해당 기업 간의 합병이 시장 경쟁에 방해가 된다고 판단되면 기업결합 금지 조치를 내릴 수 있었다.

혜성 자동차에서는 운영지원과장을 거쳐 사무처장까지 오른 이정호와 공정위 현직 고위층 간의 네트워크가 무엇보다 필요했을 것이다.

“말씀드렸던 공정위 전 사무처장을 구속까지 했습니다만, 혜성 자동차와 관련된 건은 입을 다물고 있습니다.”

“그래서, 현 프로 네가 필요한 건? 소환을 넘겨달라는 거야?”

“아닙니다. 그저 선배께서 혜성 자동차 관계자를 조사하실 때, 제가 하는 수사에 관한 질문 한두 개를 포함해 주셨으면 합니다.”

진우의 말에 서필규는 그 정도는 할 수 있다는 듯 고개를 끄덕였다.

“좋아. 내일모레 소환될 예정이니까 빠르게 질문 골라서 내 방으로 넘겨.”

“네. 알겠습니다. 감사합니다.”

“감사는 무슨, 그나저나 어떠냐, 이 선배의 작품.”

“좋습니다. 아주 큰 사건으로 번질 거 같네요.”

"100점 만점에 몇 점?"

서필규의 물음에 진우는 피식 웃으며 입을 열었다.

"60점 드리겠습니다."

"40점은 어디 갔냐?"

"완벽하게 수사 마무리하시면 40점 더 드리겠습니다."

"그래? 그럼 더 열심히 해야겠구먼."

서필규는 어깨에 힘이 잔뜩 들어간 과장된 자세를 취하며 진우를 향해 말했고, 진우는 웃으며 살짝 고개를 숙였다.

"아니, 검사님 제가 몇 번을 말씀드립니까? 검사님이 말씀하신 우리 회사가 JS 자동차를 인수하기 위해서 전관들을 영입한다는 말은요. 전제부터 틀렸다니까요?"

이틀 후, 서울중앙지검 특수부 조사실.

진우는 유리창 안으로 비치는 서필규의 참고인 조사를 바라보고 있었다.

혜성 자동차의 직원은 오늘의 조사에 대비해 많이 준비한 듯 큰 소리로 서필규를 향해 반박하고 있었다.

"우리는 JS 자동차를 인수할 생각이 없습니다."

"그럼 JS 자동차 채권단에게 제출한 이 LOI는 뭡니까? 여기 마지막에 혜성 자동차 대표이사 명의로 된 직인은 뭐고요! 이거 혜성 자동차 대표이사 방에서 압수수색 한 겁니다."

서필규는 압수수색을 통해 발견한 인수 의향서(LOI, Letter Of Intent)를 흔들었다.

"그거 확인해 보지 않으셨습니까? 채권단 측에서 먼저 우리에게 인수 의향이 있는지 물어왔고, 우리 사측은 다각도로 계산해 본 결과 이득이 없다고 판단하고 인수 의향서 제출도 하지 않았습니다."

혜성 자동차의 직원은 의기양양한 표정으로 변호사와 시선을 주고받더니 서필규를 바라보았다.

"한번 확인해 보세요. 사흘 전에 이미 인수할 의향이 없다는 입장을 JS 자동차 채권단에 냈으니까요."

한참 밖에서 그 모습을 진지한 표정으로 지켜보고 있던 진우의 곁으로 수사관 김현태가 다가왔다.

"검사님."

진우는 자신을 부르는 목소리에 고개를 돌려 김현태를 바라보았는데, 김현태는 안타까운 표정으로 진우를 바라보고 있었다.

"인수 의향서 제출 안 된 겁니까?"

"네, 채권단 측에 확인해 보고 오니 사흘 전에 인수하지 않겠다고 알려왔다고 하네요."

김현태가 알려오는 소리 또한 조사실 안에서 혜성 자동

차 직원이 하는 말과 똑같았다.

"인수 목적이 아니라면 왜 전관들을 저리 모은 걸까요?"

김현태의 물음에 진우 또한 의미를 모르겠다는 듯 고개를 가로저었다.

대가성 재취업이라는 고리를 밝혀내지 못하면 서필규의 수사는 자칫 동력을 잃을 수밖에 없었다.

"이정호의 여죄를 밝혀내려면 우리도 대가성이 오갔다는 게 필요한 상황인데요……."

김현태는 자못 걱정된다는 표정과 말투로 진우와 같이 유리창 안의 조사실을 바라보았다.

진우가 조사 중인 공정위에서 재취업 계획을 작성한 이정호 같은 경우는 이미 위법성을 확인한 몇 건만으로도 법적 처벌을 받을 것이다.

하지만, 분명 여죄가 더 있을 것인데 혜성 자동차에서 대가성 자체를 부정하는 자료가 나왔다면 여죄를 밝혀내지 못하는 찝찝한 상황이 될 수 있었다.

"좋습니다. 그럼 전 공정위 사무처장의 아들을 낙하산으로 취업시키면서 대가성이 오간 적 있습니까?"

서필규는 진우가 부탁한 건에 대해 질문했고, 혜성 자동차의 직원은 인상을 잔뜩 찌푸렸다.

"공정위 사무처장 아들이 누구입니까?"

모르쇠로 일관하는 직원의 앞에 서필규는 인사 서류를

건넸고, 서류를 확인한 직원은 고개를 가로저었다.

"검사님, 취업 단계에서 아버지가 누구인지 조사하는 데가 어디 있습니까? 그저 우리는 취업을 시켰는데 저 친구의 아버지가 전 공정위 사무처장이었나 보죠."

진우가 예상한 대로 조사실 안에서는 계속해서 혐의에 대한 부정이 이어졌다.

조사를 지켜보던 진우는 김현태의 어깨를 한 번 짚어주고는 조사실 밖으로 빠져나와 휴대전화를 꺼내 들었다.

"이 기자님, 접니다."

-아이고, 검사님께서 오랜만에 어쩐 일이십니까?

진우의 전화 상대는 고려일보의 기자 이한선이었는데, 진우는 지금 과정에서 모든 정보력을 총동원하겠다고 마음먹었다.

"고려일보의 정보력이 필요합니다."

-우리 회사의 정보력이요?

고려일보는 대한민국에서 다섯 손가락 안에 드는 신문사였고, 매일같이 수백 명의 기자가 기삿거리가 되는 정보를 수집 중이었다.

국정원 같은 정보기관에서도 고려일보에 IO(Intelligence Officer, 정보관)를 파견해 아주 작은 정보도 수집할 정도였다.

"부탁드리겠습니다. 가능하겠습니까?"

다시 한번 진우가 진지한 말투로 묻자 수화기 너머에서

는 잠시 정적이 흘렀다.

-이번 사정 정국과 관련된 일입니까?

“네. 그렇습니다.”

-그렇다면 제가 얻는 건 없겠군요?

법조 기자답게 이한선은 눈치가 빨랐다. 이번 일은 어떠한 정보도 이한선에게 먼저 줄 수 없었다.

진우는 대답 대신 침묵을 유지했다.

-윗선에 보고하면 칼같이 거절할 겁니다. 하지만, 제가 검사님의 덕을 본 적이 있으니 개인적으로는 도와드려도 되겠죠. 어디까지나 개인적으로 말입니다.

개인적으로라는 말에 힘을 주는 이한선의 말에 진우는 표정이 환해졌다.

“혜성 자동차에 관한 모든 정보가 필요합니다. 혜성 자동차가 요즘 관심을 가지고 있는 사업이 무엇인지. 찌라시 수준까지 모든 정보가요.”

-검찰에는 따로 정보가 없습니까?

“저도 지금부터 찾아볼 예정입니다. 기자님께서 도와주시면 크로스체크(cross check, 교차 검증)가 가능하지 않겠습니까?”

-좋습니다. 저도 개인적인 네트워크 한번 펼쳐보겠습니다. 최대한 빠르게 연락드리겠습니다.

“감사합니다.”

진우는 전화를 끊고 굳은 표정으로 검사실로 향하기 시

작했다.

'여죄가 있는데 밝혀내지 못하고 이대로 가면 찝찝해.'

지금도 충분히 이정호를 기소할 수 있는 사유는 충분했다. 하지만, 이대로 흘러가게 둔다는 건 진우에겐 있을 수 없는 일이었다.

그리고, 한 가지 더.

'매번 도움만 받은 필규 선배에게 도움도 되고 싶고.'

진우는 그렇게 생각하며 검사실로 들어섰다.

"검사님, 정보들 취합해 왔습니다."

이틀 후, 현진우 검사실.

수사관 김현태가 범죄정보실에서 받아온 혜성 자동차에 관한 정보들을 검사실 중앙의 테이블 위에 펼쳐놓았고, 진우는 이한선으로부터 전달받은 정보들을 챙겨 테이블로 자리를 옮겼다.

"고생하셨습니다."

진우의 말에 김현태는 고개를 끄덕이고는 자리에 앉았고, 진우는 이한선에게 받은 정보들을 테이블 위에 펼쳐놓았다.

"지검 내에 소문이 돈답니다."

"소문이요?"

"우리 부서에서 혜성 자동차의 인사팀장을 소환했다고요."

소환했을 때부터 언제고 나올 소문이긴 했지만, 생각보다 빠르게 지검 내로 퍼지고 있었다.

이렇다면 입에서 입으로 전해져 기사가 나올 수도 있었다. 최대한 빠르게 대응을 해야 했다.

"생각보다 소문이 빠르네요."

"제 수사관 동기가 말해온 걸 보면 특수2부에서 헛발질을 했다는 소문이 돌고 있다고 합니다. 물론 아직은 물밑에서 도는 소문이라 조심스럽게 돌고 있긴 하지만요……."

김현태의 말에 진우의 표정은 굳어갔다.

아직은 김현태의 말마따나 수면으로 올라온 소문은 아니었지만, 어쨌거나 사정 정국 중에 검찰의 헛발질이라는 타이틀의 기사가 나간다면 생각만 해도 아찔해지기 때문이다.

서필규의 수사가 제대로 시작되기도 전에 좌초될 수 있는 일이었다.

"잡설이 너무 길었죠?"

"아닙니다. 좋은 정보였습니다. 일단 우리도 빠르게 수사를 진행해야 할 것 같네요."

진우의 말에 김현태는 고개를 끄덕이고는 테이블 위에

펼쳐둔 서류 한 장을 집어 진우에게 건넸다.

"정보관에게 받아온 혜성 자동차에 대한 정보입니다. 제가 생각했을 때는 제일 신빙성이 있는 소문 같아서요."

김현태가 건넨 서류를 받아 든 진우는 진지한 표정으로 읽어 내려갔다.

"최근 매물로 나온 JS 자동차 채권단에서 혜성 자동차에 인수 의향이 있냐고 물어본 것은 서 검사님께서 파악한 정보와 동일합니다."

김현태가 건넨 서류는 서필규가 추적했던 것처럼 혜성 자동차에서 JS 자동차 인수에 뛰어든다는 정보였는데, 진우는 이한선이 건넨 정보와 교차 검증을 하기 시작했다.

"시중에 돌아다니는 정보로는 서필규 검사님께서 진행한 압수수색 당일 채권단 대표인 한성 은행장과 혜성 자동차 대표가 만났다고 하는 정보입니다."

진우는 이한선이 건넨 정보에서 해당하는 부분을 찾아 김현태에게 말했다.

"우리 수사가 진행되자마자요?"

"네, 정확히는 법원에서 압수수색 영장이 발부된 그 날 밤 두 사람의 회합이 있었습니다."

진우의 말에 수사관 김현태는 한참 생각을 하다 무언가 떠오른 듯 진우를 바라보았다.

"수사를 피해 가기 위해서 인수 의향서 제출을 늦추려고 만난 것이 아닐까요? 우리는 인수할 의사가 있는데 검찰 수사 때문에 지금은 힘들다. 기다려달라와 같은 말을 하려고요.”

김현태의 말을 들은 진우는 인상을 잔뜩 찌푸렸다. 언뜻 들으면 맞는 말인 것 같지만 뭔가 머릿속으로 그림이 그려지지 않았다.

자신이 혜성 자동차의 임원이라면 단순 검찰 수사를 피하고자 인수 의향서 제출을 늦추기보다는 인수는 그대로 진행하되 다른 방법을 구상했을 것이다.

“JS 자동차의 매각 입찰이 언제까지죠?”

진우의 물음에 김현태는 재빠르게 찾기 시작했고, 이윽고 답을 찾자 진우를 향해 입을 열었다.

“다음 달 중순까지입니다.”

“그럼 그 예상은 아닐 겁니다.”

진우의 말에 김현태는 의문스러운 표정으로 진우를 바라보았다.

“수사를 회피하기 위해 선택했다고 생각하기에는 너무 대처가 단순합니다.”

진우는 혜성 자동차의 JS 자동차 인수 건은 아예 이번 사건에서 제외해야 한다고 생각했다.

혜성 자동차가 전관들을 영입한 결과를 두고 여러모로 이유를 생각하다 보니 인수 건에만 꽂혀 잘못된 전제를 만들었다고 결론 내렸다.

“이 건은 처음부터 없었던 건으로 생각해야 할 것 같습니다.”

“없던 것으로 하신다면?”

진우는 혜성 자동차의 JS 자동차 인수에 관한 정보를 옆으로 치웠다.

“처음부터 우리가 이 정보에만 매달려 잘못된 전제를 깔았던 걸 수도 있다는 걸 말씀드리는 겁니다. 다각도로 한번 보죠.”

진우는 김현태가 받아온 정보들을 읽어 내려가기 시작했다.

여러 가지의 서류들을 읽으며 정보들을 분류해 내기 시작한 지 한 시간여가 흐른 후, 진우의 미간은 찌푸려지기 시작했다.

“김 계장님.”

자신의 자리로 돌아가 개별적으로 정보를 걸러내던 김현태는 진우를 바라보았는데, 무언가 이상한 것을 찾아낸 듯한 표정에 자리에서 일어나 테이블로 다가갔다.

“사실 전관들의 대거 영입은 각 사건에 대응하기 위해서였다면, 제가 막 나간 걸까요?”

“각 사건에 대응이요?”

김현태의 물음에 진우는 책상 위에 널브러진 서류들을 한쪽으로 치우고는 추린 서류들을 한 장 한 장 내려놓기 시작했다.

"공정위원회 전 사무처장 이정호의 아들이 입사한 날짜는 2013년 7월입니다."

"네. 그렇죠."

"2013년 5월 공정위에서 과징금도 없이 그저 경고 처분을 혜성 자동차에게 내린 결과가 있습니다."

진우가 건넨 서류를 읽어 내려가던 김현태의 표정 또한 삽시간에 변해갔다.

"계열사 신고를 빠뜨렸네요?"

현행법상 대기업 집단 지정 자료를 제출할 때 대기업 총수의 친족 회사는 신고 대상이었지만, 혜성 자동차는 총수의 아들 명의로 된 회사를 신고에서 누락했고, 공정위는 이를 조사 도중에 발견했지만, 과징금도 검찰에 고발도 없이 경고로만 끝냈다.

"누락 기간이 3년이나 됩니다. 이 사이 혜성 자동차 총수의 아들이 운영 중인 회사는 기업집단 미편입 계열사로 사익편취 금지와 같은 규정을 적용받지 않았고요."

진우의 말에 김현태는 고개를 끄덕였다.

"친족이 지분을 100% 보유한 회사를 신고에서 누락했는데도 경고로만 끝낸 것은 확실히 문제가 있어 보입니다."

김현태의 동의에 진우는 다른 서류를 한 장 또 테이블 위에 올려뒀다.

"전 산업은행장을 사외이사로 영입한 것이 2013년 3월입니다. 그리고 두 달 후 혜성 자동차 이사회에서 산업은행은 혜성 자동차 총수의 연임에 찬성한다는 의견을 던졌고요."

"아, 기억납니다. 그 당시에 혜성 자동차는 행동주의 펀드에게 경영권 위협을 받고 있던 상태였죠?"

"네. 그렇습니다."

진우는 하나씩 퍼즐을 맞춰가고 있었다.

"대통령직 인수위원장 출신을 영입한 이후에는 한창 불거지던 혜성 자동차의 노동자 불법파견 문제가 흐지부지 되었고요."

진우의 말을 듣던 김현태는 손가락을 튕겼다.

"그러니까 검사님의 예상대로라면 무슨 사건이 터지거나, 중요한 일이 있을 때마다……."

"개별적으로 전관 출신을 영입한 거죠. 그리고 사건을 덮은 거고요. 조사 도중 JS 자동차 인수 의사가 없다는 혜성 자동차 직원의 진술은 사실인 것 같습니다."

"처음부터 잘못된 단추를 끼운 거네요……."

진우는 자리에서 일어나 서류를 챙기기 시작했다.

"어느 정도 그림이 나온 것 같으니, 서 검사님을 뵙고 오도록 하겠습니다."

✻

"나 바쁜데 그냥 방에서 얘기하지, 그래?"

서필규는 진우의 호출을 받고 휴게실에 들어서자마자 의자에 앉아 테이블에 머리를 파묻었다.

진우는 자양강장제를 서필규의 앞에 건넸다.

"힘드시죠? 드세요."

"말도 마…… 고개 들 힘도 없어. 죽을 거 같다 진짜."

서필규는 요 며칠 집에도 가지 않고 수사에 매달리고 있었다.

피골이 상접한 얼굴로 서필규는 병뚜껑을 따고 음료수를 벌컥 들이켰다.

"아후, 힘들어."

"수사는 어떻게 진행되고……."

"말도 마. 그날 혜성 자동차 직원 보내고 나서 계속 JS 자동차와의 관계성만 조사했는데, 내가 틀린 거 같아."

진우는 서필규의 말이 흥미롭다는 듯한 표정으로 그를 바라보았다.

"내가 처음부터 잘못된 전제를 두고 사건을 바라본 거 같아. 이거 진짜 연수원에 있을 때부터 귀가 딱지가 앉도록 들은 건데 내가 그러고 있었네."

서필규는 자신을 자책하듯 말해왔다.

"내가 잘못한 건 그거 같아. 혜성 자동차는 JS 자동차에 관심이 있을 거라고 넘겨짚은 부분. 그래서 어제부터 좀 사건을 떨어져서 보려고 하고 있다."

"떨어져서 보신다면? 처음부터 다시 보신다는 말씀입니까?"

"그래, 이 선배가 인맥이 또 죽이지 않냐. 여기저기 연락 돌려보니까 혜성은 애초에 JS 자동차를 인수할 생각이 없었던 거 같아."

진우는 피식 웃으며 서필규의 말을 듣고 있었다. 자신의 도움이 없었더라도 서필규는 언제고 답을 찾았을 것이다.

"내가 거기에 꽂혀가지고 그것만 바라본 거지. 미안하다, 나 때문에 네 사건까지 말려가지고."

"아닙니다. 저, 선배, 저도 혹시나 해서 한번 찾아봤는데요."

"네가?"

"네, 그저 제가 도움을 드린다고……."

진우는 굉장히 조심스럽게 입을 열기 시작했다. 서필규의 성격은 잘 알고 있었지만, 그래도 다른 사람이 본인의 사건에 개입하는 것을 꺼려하는 분위기가 있었기 때문이다.

"야야, 현 프로. 뭘 그렇게 조심스럽게 얘기하냐? 네가 내 사건 봐줬으면 나야 좋은 거 아냐?"

서필규는 진우가 조심스럽게 행동해 오는 이유를 알겠다는 듯 오히려 진우를 편하게 해주었다.

"내 생각 변하기 전에 빨리 말해."

진우는 테이블 위로 서류를 몇 장 꺼내놓았다. 아까 전 방에서 보던 서류였다.

"꽤 본격적으로 준비한 느낌인데?"

서필규는 웃으며 진우가 건넨 서류들을 읽어 내려갔고, 표정이 시시각각 변해갔다.

서류를 다 읽은 서필규는 이내 굳은 표정으로 진우를 향해 입을 열었다.

"네 생각으로는 전관 영입이 그때그때 사건에 대응하기 위해서 있었던 거라는 거 아냐?"

"예, 선배님의 생각도 같으신 거 같고요."

"그래, 나도 그런 느낌이지 않을까 했는데. 역시 현 프로네……. 나보다 한 발짝 먼저 나가 있었어."

"애초에 출발점이 달랐는걸요."

진우는 씁쓸한 표정의 서필규를 바라보았다. 괜찮다고 말은 해왔어도 서필규의 심정은 잘 알 수 있었다.

자신의 수사가 잘못됐다는 것을 남의 입으로 듣는 것과 본인이 깨달은 것은 큰 차이가 있었으니까.

이전 삶에서 진우도 겪은 적이 있는 일이었기 때문이다.

"그리고 제가 이 사건의 주임 검사가 아니라 오히려 시야를 넓게 가져갈 수 있었고요."

"……."

"선배님, 진심입니다. 제가 이 사건을 수사했어도 똑같은 함정에 빠졌을 겁니다."

서필규는 입을 꾹 다문 채로 고개를 끄덕였다.

"그리고 제 도움이 아니었어도 선배님은 곧 있어 답을 찾으셨을 거고요. 그저 제가 받은 도움의 10분의 1이라도 돌려드려야겠다고 생각했을 뿐입니다. 제가 너무 건방졌다면 용서하세요."

진우가 그렇게 말하며 고개를 숙이자 서필규는 자리에서 벌떡 일어났다.

진우는 고개를 들어 서필규의 표정을 살폈는데 여전히 굳은 표정으로 진우를 바라보고만 있었다.

그러고는 씩 웃었다.

"하반기 모범검사 금일봉은 못 나눠준다."

서필규는 그렇게 말하며 진우가 건넨 서류들을 챙겨 돌아서서 걸었고, 진우도 피식 웃으며 서필규를 따라나섰다.

*

「[단독] 혜성 자동차, 공정위 징계 막으려 이정호 전 사무처장 아들 낙하산 채용.」

「검찰의 공정위를 향한 수사, 혜성 자동차에 대한 전방위적 수사로 번져.」

「혜성 자동차 위기 때마다 관(官)피아 영입해 위기 모면, 인사팀 이사와 실무자 2명 구속기소.」

「관피아가 사는 법, 퇴직 후 대기업 재취업해 로비스트로 변신.」

「공정위 "재취업 비리 국민께 죄송, 쇄신책 만들겠다."」

「국회, 여야 한목소리로 "관피아 방지법 만들겠다." 뒷북 대응.」

"속 시원하시겠습니다."

보름 후, 청와대 민정수석비서관실.

민정수석 이기철의 호출을 받은 검찰총장 권태영은 청와대에 들어와 이기철과 독대를 나누고 있었다.

이기철은 권태영의 앞으로 오늘 자 조간신문을 던지며 이야기를 이어나갔다.

"대기업에 대한 철저한 수사를 주문했더니, 오히려 파트너인 공정위를 칩니까?"

이기철은 잔뜩 뿔이 난 표정으로 권태영을 바라보았다.

대통령이 대기업의 도덕적 해이를 비판한 지 한 달이 지났다.

그동안 검찰은 여러 대기업의 범법 행위에 대해 조사를 열심히 하고 있었고, 실제로 여러 대기업을 기소하는 성과를 냈지만, 여론의 관심은 진우를 비롯한 특수2부로 향해 있었다.

"공정위는 지금 초상집이랍니다! 사정 정국의 한 축인 공정위가 제 일을 못 하고 있단 말입니다."

공정위의 재취업 비리와 혜성 자동차로 재취업한 전관 비리가 수면으로 올라오며, 정부도 같이 욕을 먹고 있었다.

특히 공직자윤리위원회의 고위공무원단 재취업 심사가 사실상 봐주기라는 정부에 불리한 언론의 보도가 나오며 사정 정국임에도 정부는 웃지 못하고 표정 관리를 해야 했다.

"터질 게 터진 거라고 보고 있습니다."

권태영은 이기철을 바라보며 굳은 표정으로 입을 열었다.

"터질 게 터진 거라니 그게 지금 이 자리에서 할 소립니까?"

"이 상황에서 그럼 제가 해야 할 말이 뭡니까?"

이기철은 당당한 권태영의 태도에 기가 찼다.

"우리 권 총장님께서 뭔가 착각을 많이 하고 계신 것 같습니다. 만날 때마다 이 말씀을 드리게 되는데 검찰은 행정부의 일원이라는 것을 잊지 마시고……."

"동시에 정의의 수호자이기도 하죠."

권태영이 지지 않겠다는 듯 말해오자 이기철의 표정은

잔뜩 일그러지기 시작했다.

"제가 제 권한의 큰 부분들을 포기하면서까지 검찰 내부를 개혁한 것은 외부의 눈치를 보지 않고 수사를 하기 위함이었습니다."

"권 총장, 지금 나랑 싸우자고 이곳에 왔습니까?"

"현 상황에 대해 말씀드리는 것뿐입니다. 수석께서 말씀하시는 것과 같은 잘못을 우리 검찰은 하지 않았습니다."

"허……."

권태영은 이곳에 오기 전에 많이 고민했다. 사정 정국의 방향이 이상하게 튀긴 했지만, 결국 결과만 두고 보면 검찰은 할 일을 했을 뿐이다.

"결과론적으로는 정부에서 원한 대기업의 사정 또한 충실히 해내고 있고요."

"방향이 잘못됐다지 않았습니까!"

"무슨 방향을 말씀하시는 겁니까?"

"비난의 화살이 정부로 향하고 있는 거 안 보입니까? 야당이 신이 났잖소!"

"그래서 더 좋은 것 아니겠습니까? 행정부의 일원인 검찰이 눈치를 보지 않고, 행정부의 잘못된 점을 직접 수사해 밝혀냈다. 동네방네 떠들어야 할 사안 같습니다."

"권 총장!"

이기철은 계속해서 삐딱하게 행동하는 권태영의 태도가

마음에 들지 않았다. 하지만, 딱히 반박할 말이 없었다.

대통령의 소속 정당인 여당에서도 권태영이 말한 것과 같은 논평을 내놓고 있었으니까.

“제 말이 틀렸습니까?”

“그 정도만 합시다. 더 얘기했다가는 내가 권 총장에게 큰 실례를 할 것 같으니 말입니다.”

이기철의 말에 권태영은 자리에서 일어나 고개를 숙였다.

“그럼 이만 가 보도록 하겠습니다. 임기 3개월 남았습니다. 이번 사정 정국은 청와대에서도 제게 맡겨주셨으면 좋겠습니다.”

권태영의 말에 이기철은 답할 것도 없다는 듯 입을 꾹 다물고는 손을 저었고, 권태영은 돌아서서 수석실을 빠져나왔다.

‘후, 이번 일도 어찌어찌 넘기긴 한 모양이야.’

청와대 내부를 걸으며 권태영은 생각에 빠졌다. 권태영 자신도 진우가 공정위를 수사한다는 보고를 받았을 때는 당황스러웠다.

하지만, 진우의 수사 결과와 동시에 여러 종류의 관피아 수사 결과가 발표되며 청와대의 질타에 대응하기 쉬워졌다.

“대검으로 모실까요?”

청와대 위민관에서 나온 권태영이 차에 올라타자 비서는 권태영을 향해 물었고, 잠시 고민하던 권태영은 입을 열었다.

"중앙지검으로 가지."

*

한편, 진우는 공정거래위원회 출신 고위직 공무원들의 재취업 비리 수사 마무리를 위해 조사실로 향하려 하고 있었다.

"현 프로."

검사실을 나오던 진우는 자신을 부르는 목소리에 고개를 돌렸는데, 멀리서 서필규가 다가오고 있었다.

"선배님, 수사 결과 발표 끝나셨습니까?"

"그럼 그럼, 이거 볼래?"

서필규는 호들갑을 떨며 진우의 앞으로 휴대전화를 내밀었고, 진우는 화면을 주시했다.

화면에는 포털사이트의 뉴스 댓글란이 떠 있었는데, 관피아들을 욕함과 동시에 이따금 보이는 서필규를 향한 칭찬 댓글이 있었다.

"선배님, 좋아요 누르셨네요."

진우는 화면에 뜬 댓글의 좋아요 버튼이 활성화된 것을 보고는 서필규를 향해 웃으며 말했다.

"아, 아니. 우리 와이프가 좋아요 누르라고 어찌나 극성

인지. 나는 이런 거 처음 눌러본다."

당황한 서필규의 말에 진우는 피식 웃었다.

"그나저나 현 프로 수사는 아직 덜 끝났나?"

"예. 이정호의 입이 열릴 것 같으면서도 열리지 않네요."

진우의 수사도 마무리 단계였다. 곧 재판의 시작을 알리는 공판준비기일이 잡힐 예정이었지만, 공정위 전 사무처장 이정호의 입은 좀처럼 열릴 줄 몰랐다.

"거 뭐야, 전관 변호사들 싹 다 사퇴했다며?"

"아무래도 선배님 덕이 크죠."

진우는 진심으로 서필규를 향해 얘기했다.

단순 혜성 자동차를 정조준하고 해나가던 수사가 사회 전반에 뿌리내린 전관 문제를 수면으로 올려 버리자 이정호를 변호하던 전관 변호사들은 부담감을 느끼고 사퇴를 해버렸다.

서필규가 굴린 눈덩이가 진우의 수사를 포함한 여러 수사에 도움이 되고 있었다.

"어허, 그게 어디 내 덕인가? 현 프로랑 같이 한 건데."

서필규는 말은 그렇게 하면서도 뭐가 그리 신나는지 싱글벙글 웃는 표정은 감추지 못했다.

"그럼 지금도 이정호 조사하러 가는 거야?"

"네, 심리전을 계속하려는 건지 모르겠지만, 먼저 만남을 요청해 왔어요."

"이정호가?"

진우는 고개를 끄덕였다.

"점점 자신의 편이 줄어드는 걸 이정호도 느끼고 있을 거야. 구치소 안에 있다 보면 밖에서 면회 와서 바깥 사정을 얘기해 주면 정보가 차단되어 있다 보니까 슬슬 겁을 먹을 시기거든."

진우는 서필규의 말에 동의했다. 정보가 차단된 상태인 이정호는 결국, 다른 사람이 전해주는 얘기만 듣고 모든 판단을 내려야 했다.

"적당히 잘 구슬려 봐. 지금까지 현 프로랑 신경전 한 거 보면 중요한 거 물고 있을 거 같은데."

"네, 알겠습니다. 그럼 선배님 다녀와서 뵐게요."

"그래, 어여 가 봐."

진우는 서필규를 향해 고개 숙여 인사하고는 조사실로 발걸음을 옮겼다.

조사실로 들어서자 꽤 초췌한 모습의 이정호가 혼자 앉아 있었는데, 진우를 보자마자 자세를 다잡고 앉는 모습이었다.

"이정호 씨, 반갑습니다. 오늘 변호인은……."

"제가 따로 부르지 않았습니다. 변호인이 없어야 할 것 같아서 말입니다."

진우는 별다른 답을 하지 않고, 자리에 앉아 노트북을

펼치고는 이정호를 바라보았다.

“오늘 저를 뵙자고 먼저 말씀하신 이유가 있으십니까?”

진우의 물음에 이정호는 잠시 고민하더니 굳은 표정으로 입을 열기 시작했다.

“제가 수사에 협조해 드리면 보석으로 나갈 수 있습니까?”

“제가 판단할 수 없는…….”

“검사 측에서 의견을 좋게 내준다면 높은 확률로 보석을 받을 수 있다고 들었습니다.”

보석(보증 석방)은 보증금이나 보증인을 두고 구속된 피고인을 불구속 상태로 재판을 받을 수 있게 해주는 제도였다.

물론 최종적인 판단은 법원에서 하는 것이었지만, 검사의 의견이 아주 영향이 없지는 않았다.

“글쎄요. 제가 보석을 동의하고 하지 않고의 문제가 아닐 것 같습니다. 그것을 약속해 드릴 수도 없고요.”

“…….”

“다만, 한 가지 확실한 것은 모든 의혹이 밝혀지고 있는 지금 이정호 씨께서 계속해서 진술을 거부하신다면 보석에 도움이 되지는 않겠죠.”

진우의 말에 이정호는 한숨을 내뱉었다. 자신의 앞에 앉은 검사가 좋게 거래해 줄 거라 생각하진 않았다.

하지만 변호사의 조언과 주변인들의 조언도 그렇고 검찰의 수사에 협조하지 않고 모든 것을 안고 가기보다는,

협조하고 최대한 법원의 선처를 기다리는 것이 좋겠다고 생각하여 자진해서 조사를 신청했던 참이었다.

"마음먹고 나오신 것 아닙니까?"

진우는 고민하는 이정호를 향해 물었다.

진우 또한 이정호와 같은 피의자들을 여럿 만나봤다. 자진해서 이 자리에 나온 피의자들 대부분은 모든 것을 말하기로 결심한 상태라는 걸 짐작할 수 있었다.

"검사님께서는 어디까지 수사하실 수 있습니까?"

진우는 뜬금없는 이정호의 질문에 미간을 찌푸렸다.

"어디까지라니요?"

"확실하게 이 자리에서 말씀드리겠습니다. 퇴직자 상대로 재취업 계획을 제 주도로 작성한 것은 맞습니다. 하지만, 어디까지 인사 적체 해소를 위해서였습니다. 그리고 제 아들이 혜성 자동차에 취업한 것은 제가 부탁한 것도 사실이고요."

이정호는 모든 것을 털어놓기로 마음먹은 듯 덤덤한 말투와 표정으로 진우를 바라보며 이야기를 이어나갔다.

"하지만, 그것으로 인해 혜성 자동차의 계열사 신고 누락을 경고 조치로 봐준 게 아닙니다. 애초에 사무처장이라는 자리가 그럴 권한도 없고요."

"그렇다면 더 윗선이 연루되어 있다는 겁니까?"

진우의 물음에 이정호는 고개를 끄덕였다.

"그렇습니다."

"그 윗선이 누구입니까? 당시 공정거래위원장입니까? 부위원장입니까?"

"다시 한번 묻겠습니다. 검사님은 어디까지 수사하실 수 있습니까?"

"범죄가 확인된다면 저에겐 성역은 없습니다."

"그렇다면 현직 경제부총리도 수사할 수 있습니까?"

이정호의 말에 진우의 표정은 삽시간에 굳어갔다.

*

"총장님, 갑작스럽게……."

서울중앙지검 정문, 검찰총장 권태영이 차에서 내리자 서울중앙지검장은 당혹스러운 표정으로 권태영에게 입을 열었다.

"하하하, 이 친구야. 내가 어디 못 올 데 왔나?"

"그런 건 아닙니다만, 연락을 주셨으면 더 좋았을 텐데요."

"연락하지 않았나?"

"도착 10분 전에 연락하셔서 아주 혼쭐이 났습니다."

권태영은 자신을 향해 안절부절못하며 말해오는 중앙지검장의 등을 두드려 주었다.

"이재윤! 오랜만이야."

"총장님, 오랜만에 뵙습니다."

이 자리에는 중앙지검장과 함께 3차장검사 이재윤이 권태영의 마중을 나왔었는데, 권태영은 이재윤에게 손을 내밀었다.

"네 새끼들이 아주 시원하게 공정위 한 방 먹인 거 칭찬해 주러 왔어."

"죄송합니다. 다들 본격적인 사정 정국이 시작되자마자 혈기가 왕성해서…… 제어를 못 했습니다."

이재윤은 송구스럽다는 듯 고개를 숙이며 권태영이 내민 손을 맞잡았고, 권태영은 그 모습을 보고는 피식 웃었다.

"죄송은 무슨, 정말 칭찬해 주러 온 거야. 들어가지."

권태영은 그렇게 말하며 손짓을 했고, 이재윤은 앞장서서 걷기 시작했다.

"현진우는 지금 뭐 하고 있어?"

"그렇지 않아도 같이 마중을 나오려고 했는데 조사실에 들어갔다고 해서 그냥 내버려 뒀습니다."

"공정위 재취업 수사 말하는 거야?"

"네. 수사 마무리 단계라고 하는데, 피의자가 먼저 조사를 요구해 왔다고 합니다."

"피의자의 입이 열리려나 보구먼."

이재윤의 말에 권태영은 흥미가 당기는 듯한 표정으로

엘리베이터에 올라탔다.

"조사실로 가지."

"조사실로 말씀입니까?"

"그래, 나도 궁금해하는 사건인데 마침 시간 잘 맞춰서 왔네."

권태영의 말에 이재윤은 특수부가 있는 층의 버튼을 눌렀고, 얼마 후 엘리베이터는 중앙지검 11층에 도착했다.

"특별 조사실에서 아마 조사를 하고 있을 겁니다."

이재윤은 그렇게 말하며 앞장서서 걸었고, 특별 조사실에 도착하자마자 문을 열었다.

"차장 검사님 어쩐 일로…… 총장님 오셨습니까?"

조사실 바깥에 앉아 조사를 지켜보던 수사관 김현태는 권태영이 들어오자 고개를 90도로 숙였다.

"수고가 많습니다. 잠깐 진술 조사 보고 가려고 하는데 괜찮겠습니까?"

"네, 지금 막 피의자가 입을 열려고 하고 있습니다."

김현태의 말에 권태영은 자리로 가 유리창 안을 바라보았다.

-다시 한번 묻겠습니다. 검사님은 어디까지 수사하실 수 있습니까?

-범죄가 확인된다면 저에겐 성역은 없습니다.

-그렇다면 현직 경제부총리도 수사할 수 있습니까?

폭탄과도 같은 이정호의 말에 밖에서 조사를 지켜보던 권태영과 이재윤, 그리고 중앙지검장은 누가 먼저라 할 것도 없이 당혹스러운 표정으로 서로를 바라보았다.

CHAPTER 5

"경제부총리라니요? 공정거래위원회가 내린 혜성 자동차에 대한 징계에 기재부가 관여했다는 말입니까?"

진우는 놀란 표정으로 이정호를 바라보며 캐물었다.

"기재부가 아닙니다. 경제부총리 개인입니다."

이정호는 진우의 물음을 정정해 가며 입을 열기 시작했다.

"우리 공정위는 2013년 3월 혜성 자동차가 대기업집단 신고에서 총수의 아들이 운영하는 회사와 총수의 친척이 운영하는 회사에 대한 신고를 빠뜨린 것을 발견했습니다."

진우는 재빠르게 손을 놀려 이정호가 진술하는 것을 받아 적기 시작했다.

"정확하게는 첩보를 입수하고, 조사하던 와중이었습니다. 3년간 혜성 자동차는 대기업집단 신고에서 고의적으로 총수의 아들이 운영하는 회사를 빠뜨려왔었죠."

"고의라는 것까지 파악했군요?"
진우의 물음에 이정호는 고개를 끄덕였다.
진우는 아주 중요한 진술을 얻었다. 고의성을 파악했다는 것은 공정위가 내린 경고라는 징계가 잘못되었다는 것을 말해주는 진술이었다.
"그렇습니다. 3년간 계열사 신고를 고의로 빠뜨리고 엄청난 이득을 봤으니까요."
"이득이라 하면 구체적으로 어떤 겁니까?"
"혜성 자동차 총수의 아들이 운영 중인 미편입 계열사 우성 산업을 혜성 자동차의 부품 납품업체로 선정, 내부거래 비중이 상당했습니다."
"평소와 같았으면 중징계를 해야 하는 상황이었네요."
"우리 내부에서는 치열한 토론이 이어졌습니다. 다른 회사의 사례를 본다면 공정거래법 위반으로 검찰에 고발하고 거액의 과징금을 내렸어야 정상이니까요."
"치열한 토론이라면 반대하던 세력이 있었군요?"
"그렇습니다. 당시 부위원장이 계속해서 징계안을 철회하라며 담당 조사관을 압박했습니다."
"그러다가 윗선에서 개입을 한 거고요?"
이정호는 고개를 끄덕였다. 모든 것을 말하기로 한 참이었다. 검사의 물음에 피할 이유가 없었다.
"혜성 자동차 조사팀과 내부에서 중징계와 함께 검찰 고발을 하기로 가닥이 잡혀가자 위원장은 간부 회의를 소집. 그 자리에서 굉장히 곤란한 듯 이야기를 하더군요."

진우는 가만히 입을 다물고 이정호의 진술에 집중했다.

"윗선에서 혜성 자동차의 징계에 부정적이다. 징계 수위를 낮출 수 없겠냐. 굉장히 곤란한 표정이었습니다."

"그것이 박학진 경제부총리의 지시라는 것은 언제 알게 되었습니까?"

"회의가 끝난 이후 조사팀장과 당시 사무처장이었던 저, 부위원장이 얘기를 나눴고 그 자리에서 부위원장이 경제부총리의 이름을 꺼냈습니다."

"구체적으로 말씀해 주세요."

"박학진 경제부총리와 위원장이 어제 저녁 식사를 같이 했다. 그 자리에 기재부 국장급을 지내다 혜성 자동차 대관 팀장으로 간 간부급 인사가 나왔다."

진우는 미간을 찌푸린 채로 이정호를 바라보며 입을 열었다.

"식사 자리에 전관 출신이 같이 동석했다는 말입니까?"

진우의 물음에 이정호는 고개를 살짝 끄덕였다.

"검사님도 아시지 않습니까? 원래 그런 사정은 식사 자리에서 술잔을 주고받으면서 오가는 걸 말입니다."

"계속하시죠."

"그 자리에서 나온 얘기야 뻔하지 않겠습니까? 혜성 자동차에서는 자신들을 계속 변호했을 것이고, 박학진 경제부총리는 동조했겠지요. 공정위원장은 난감했겠지만, 경제부총리가 동조하는데 따로 뭐라고 하겠습니까?"

이정호가 말해오는 것은 전형적으로 전관이 얽힌 사건에서 윗선이 기관을 찍어 누르는 방식이었다.

"그 말을 부위원장이 하니 조사팀장도 더는 할 말이 없어진 거지요. 경제부총리가 누구입니까? 장관직 중 서열 1위 아닙니까? 그리고 예산을 쥐고 있는 양반한테 괜스레 밉보였다가 기관 예산이라도 삭감되면……."

"그 이후는 제가 아는 결말이겠군요."

"그렇습니다. 혜성 자동차 계열사 신고 건은 징계 수위를 낮추고 간단히 경고 조치 하는 걸로 얘기를 끝냈습니다."

진우는 천천히 고개를 끄덕였다.

이정호에게서 더 이상 나올 진술은 없어 보였다.

"앞서 말씀드렸듯 제 아들의 혜성 자동차 취업 문제와는 상관없습니다."

"상관이 아예 없지는 않겠죠. 어쨌거나 혜성 자동차에서는 공정위에 보답을 해야 했고, 이정호 씨의 아들 취업에 관해 영향이 갔을 수도 있고요."

진우의 말에 이정호는 아무런 반박을 하지 못했다. 자신도 그런 보상심리로 혜성 자동차에 아들의 취업을 부탁한 것이 맞았으니까.

"어쨌거나, 오늘 이정호 씨의 진술은 수사에 꽤 많은 도움이 될 것 같습니다. 고생하셨습니다."

"그, 그럼 보석은……."

"말씀드렸듯 제가 도와드릴 수 있는 건 없습니다. 법원에서 검사의 의견을 물어온다면 그간 있었던 일들을 사실대로 적겠습니다."

진우는 그렇게 말하며 짐을 챙겨 자리에서 일어났다.

"고생하셨습니다."

이정호를 향해 인사를 하고, 진우는 진이 다 빠진 표정으로 조사실을 나섰고, 앞에서 느껴지는 음영에 고개를 들었다.

그러고는 놀란 표정으로 고개를 숙였다.

"총장님, 안녕하십니까?"

*

"……."

서울중앙지검 지검장실.

검찰총장 권태영을 비롯한 여러 인사가 자리에 앉아 있었지만, 지검장실에는 정적만이 가득했다.

시계 초침 굴러가는 소리만이 들려오던 그때, 정적을 깨는 목소리가 권태영의 입에서 흘러나왔다.

"진술의 신빙성은?"

권태영의 시선은 말석에 앉은 진우에게로 향했는데, 그의 말과 동시에 모든 이의 시선이 진우에게로 집중되었다.

"꽤 구체적입니다. 서필규 검사가 진행한 혜성 자동차의 전관 수사 결과들과 맥락도 비슷하고요."

모든 것이 경제부총리를 향하고 있다는 진우의 확답이 나오자 권태영을 비롯한 간부들의 표정은 굳어만 갔다.

그저 공정거래위원회의 조직적인 비리 사건인 줄 알았던 수사가 어느새 정권 실세이자 장관 서열 1위인 경제부총리를 향하고 있었다.

"원래 수사란 것이 생물처럼 어디로 튈지 모른다지만……."

권태영은 할 말을 잃었다.

대통령의 말 한마디로 시작한 사정 정국이 결국 정권의 신뢰를 한 방에 날려 버릴 수 있는 사건이 되어 부메랑처럼 정권을 향하고 있었다.

"덮어야 합니다. 이대로 가다간 정말 조직 자체가 위험할 수 있습니다."

1차장 검사가 마음을 먹은 듯 권태영을 향해 말했고, 그의 의견에 동조하는 간부들 또한 입을 열기 시작했다.

"총장님 임기가 얼마 남지 않으셨습니다. 임기를 무사히 마치실 수 있도록 덮어두고 정권 말기에 이 사건을 다시……."

"그게 무슨 말입니까? 지금 다른 기관의 대기업 조사 무마 건을 수사하고 있는 상황에서 우리도 사건을 덮자고 어떻게 쉽게 말할 수 있습니까?"

3차장 이재윤은 울화가 치미는 듯 큰 목소리로 1차장을 향해 말을 뱉었고, 1차장은 불쾌한 듯 이재윤을 바라보았다.

"이 차장! 말이 심해."

"말이 심한 건 내가 아니라 1차장님과 다른 분들이십니다."

"조직을 위한 일이고 총장님을 위한 일이야."

"조직을 죽이는 일이고, 총장님을 죽이는 일이죠. 우리도 언젠가 지금의 공정위처럼 이 사건을 덮은 것이 수면으로 올라올 겁니다. 그때 되면 누가 책임집니까? 결국, 임기가 다 끝나고 자연인으로 돌아간 총장께서 책임을 져야 합니다."

"누가 완전히 덮자고 하나? 정권 말기에……."

"정권 말이 되기까지 우리가 덮은 사건이 터지지 않을 거라는 보장은 누가 합니까?"

1차장은 이재윤의 말에 더는 반박할 구실을 찾지 못한 듯 불편한 표정으로 입을 꾹 다물었다.

자리에 앉은 간부들은 반으로 나뉘어 사건을 덮어야 한다와 수사를 해야 한다는 의견으로 갈라졌고 계속해서 날이 선 말을 주고받았다.

쾅-

한참 동안 입을 다물고 고민에 잠겼던 권태영은 조용히 하라는 듯 테이블을 세게 내리쳤다.

"현진우."

"네, 총장님."

"수사 담당 검사로서 네 의견을 말해."

권태영의 말에 진우는 자리에서 일어나 자신을 바라보고 있는 간부들의 면면을 바라보고는 입을 열기 시작했다.

"신속하게 수사에 들어가야 합니다. 특히 이런 부정 청탁 건들은 수사를 지체할수록 증거를 확보하기 어려워지고, 피의자들끼리 입을 맞추고 혐의를 부정해 올 수 있습니다."

진우는 결연한 표정으로 자신을 바라보고 있는 권태영과 눈을 마주치고는 입을 열었다.

"수사 진행하겠습니다."

진우의 입에서 그와 같은 의견이 나오자 수사를 반대하던 간부들의 입에서는 알 수 없는 침울한 소리가 흘러나왔고, 이재윤은 당연하다는 듯 고개를 끄덕이며 진우를 바라보았다.

"다들 잠시 자리를 비워주지."

권태영은 간부들을 바라보며 입을 열었다.

“지검장, 방 좀 빌려줘. 저기 현 검사랑 할 얘기가 있어. 다들 밖에서 잠시만 대기해. 얘기 끝나거든 간부 회의 진행할 테니.”

권태영의 말에 간부들은 자리에서 일어나 살짝 고개를 숙이고는 지검장실을 벗어났고, 모두가 나가자 권태영은 진우를 바라보았다.

“이것 참, 너는 항상 나를 곤란하게 만드는 재주가 있어.”

권태영은 굳은 표정으로 진우를 향해 이야기를 이어나갔다.

“두 달 안에 수사 끝낼 수 있겠나?”

“수사를 진행해 봐야 알겠습니다만, 이 사건의 최종 단계가 경제부총리 선에서 끝난다면 두 달이면 충분할 것 같습니다.”

“더 위가 없다면? 더 위가 있을 거라고 보나?”

“확신은 할 수 없습니다만, 제 개인적인 의견을 물으신다면 경제부총리가 주도한 것 같습니다.”

“박학진…….”

권태영은 경제부총리의 이름을 작은 소리로 곱씹었다.

만날 때마다 기분이 나쁜 인물이었다. 알 수 없는 욕심이 그득한 인간이었다.

“내 생각도 같아. 더 윗선에서 했다면 식사 자리에 혜성자동차 관계자를 불러내지 않고도 해결할 수 있었겠지.”

"그렇습니다. 박학진 경제부총리는 자신이 이렇게 노력을 한다는 것을 혜성 자동차 관계자에게 보여줄 필요가 있었을 겁니다. 그래야 얻는 것이 많아지니까요."

권태영은 진우와 의견이 통일되자 고개를 끄덕였다.

"석 달 후, 내 임기가 끝난다. 두 달 안에 사건 해결 못하면 너를 지켜줄 사람은 없어."

권태영은 오히려 진우가 걱정이라는 듯 말해왔다.

"죄송합니다. 저 때문에……."

"하하하, 네가 왜 죄송해야 하나? 수사를 진행하다가 나온 건인데. 괜찮아. 어차피 나도 후일을 도모하려면 노선을 정해야 했으니까."

권태영의 말에 진우는 놀란 표정을 지었다. 권태영은 퇴임 이후의 자신의 노선을 이미 정한 사람 같았다.

"두 달, 두 달 안에 컴팩트하게 수사 끝내지. 할 수 있겠지?"

"네, 할 수 있습니다."

"좋아. 수사 진행해."

권태영의 허락이 떨어지자 진우는 웃으며 고개를 숙였다.

"열심히 하겠습니다."

"진우, 네가 열심히 하는 건 내가 누구보다 잘 알고 있으니 오히려 힘 좀 빼고 해. 힘든 거 있으면 이재윤이나 김인호 힘도 빌리고."

"네, 알겠습니다."

"좋아, 나가봐."

진우는 다시 한번 권태영을 향해 고개 숙여 인사하고는 지검장실을 벗어났다.

진우가 나오자 복도에 서 있던 지검 간부들의 시선은 진우에게로 향했다.

"어떻게 됐어?"

이재윤은 작은 목소리로 진우를 향해 물었고, 이재윤의 눈빛을 받은 진우는 웃으며 살짝 고개를 숙였다.

진우의 답이 무엇인지 알겠다는 듯 이재윤은 주먹을 꽉 쥐었고, 이내 열심히 하라는 듯 진우의 등을 두드려 주었다.

[주말 새 검찰은 기습적으로 전방위적 압수수색을 나섰습니다. 금일 법조계에 따르면 검찰은 기획재정부 장관실과 박학진 경제부총리의 자택, 혜성 자동차를 압수수색 한 것으로 알려졌습니다. 기획재정부 측은 주말 기습적인 압수수색에 당황한 모습이 역력하면서도 검찰 수사에 최대한 협조하겠다는 입장을 발표했습니다……(중략)……해당 압수수색과 관련하여 검찰은 어떠한 설명도 내어놓지 않고 있습니다. 한편…….]

삐빅-

청와대 민정수석실, TV에서 흘러나오는 뉴스가 보기 싫다는 듯 신경질적으로 리모컨을 눌러 전원을 꺼버린 민정수석 이기철은 길게 한숨을 내쉬며 앞에 앉은 부하 직원을 바라보았다.

"검찰에 연락해 봤어?"

부하 직원은 신경질적인 이기철의 물음에 순간 겁을 잔뜩 집어먹은 듯한 표정이었다.

그간 겪은 이기철의 성격은 불도저 그 자체였다. 그 성격으로 청와대 내에서 자신의 적이 될 것 같은 인물들을 쳐내 버리고 실세 중 실세라고 불리고 있었다.

"검찰에서는 통상적인 수사라고 알려……."

물음에 답하던 부하 직원은 이기철의 따가운 눈초리에 답을 하다 그대로 얼어붙어 버렸다.

"야, 이 자식아! 어디 일개 언론사 기자도 아니고 청와대 민정수석실에 근무하는 인간이 검찰에 연락해서 통상적인 수사라는 답을 들으려고 연락했어!"

"대검 간부들도 모르는 눈치입니다……."

이기철은 답답해져 왔다. 자신이 직접 움직이려다 권태영과의 마찰도 있고 해서 부하 직원을 시켰더니 오히려 답답함만 커졌다.

이기철은 인상을 찌푸리며 부하 직원을 향해 나가라는

듯 손을 저었다.

부하 직원은 자리에서 일어나 이기철을 향해 고개 숙여 인사하고는 수석실을 벗어났다.

"어디에 전화를 해봐야 하나……."

이기철은 소파 팔걸이 위에 올려둔 손가락을 연신 굴리며 생각에 빠졌다.

검찰을 관리하는 입장에서 검찰 내부의 수사 정보를 몰라 전화를 돌린다는 처지가 우스워졌다.

"지금 검찰과 청와대가 마찰이라는 기사가 나가면 곤란한데……."

대통령 임기 2년 차를 향해 달려가고 있었다. 지방선거 성적이 좋지 않아 시작한 사정 정국을 두고 국회에서는 검찰을 정치적으로 써먹는다며 비판을 받고 있었다.

이 와중에 청와대와 검찰이 마찰을 빚고 있다는 기사 한 줄만 나가도 대통령 발언의 진의를 의심받을 수 있었다.

한참 고민을 하던 이기철은 휴대전화를 꺼내 들어 익숙한 번호를 눌렀다.

"어, 조 차장, 나야."

-선배님, 아니…… 수석님! 오랜만입니다!

"이 친구야 수석님은 무슨, 우리가 같이한 날이 얼만데 선배님이라고 불러."

전화 상대는 서울중앙지검 형사부를 담당하고 있는 1차

장이었다. 이기철이 검찰 현직에 있을 때 오랫동안 손발을 맞춘 후배기도 했다.

“요즘 검찰 분위기 어때?”

-어떻긴요. 늘 똑같습니다. 권 총장 임기 동안은 아주 무난하게 흘러가고 있습니다. 권 총장이 특수부 출신이라고 해서 특수부 우대하는 인사 차별도 없고요.

“그래……?”

이기철은 대충 검찰의 분위기를 들어 알고 있었지만, 일선에서 일을 하고 있는 후배마저 그렇게 얘기할 정도면 권태영 체제의 검찰은 상당히 안정된 것 같았다.

하지만, 이기철은 자신이 원하는 답이 나오지 않아 입술을 짓씹으며 이야기를 이어나갔다.

“그래? 나는 죽겠어.”

-무슨 일입니까?

“무슨 일이겠어? 권 총장이랑 트러블이 있으니 그렇지.”

이기철의 말에 수화기 너머에서는 고민하는 것인지 아무런 말도 나오지 않았다.

“뭐 하나 협조를 구할 때도 얼마나 까다로운지 말이야. 최근에는 검찰 내부 정보를 나한테 보고도 안 한다니까?”

-그렇…… 습니까?

“그래, 그래서 말인데. 특수2부 애들 주말에 기획재정부 압색 왜 한 거야? 권 총장은 내가 연락 좀 달라고 해도 회의 중이라고 답하고는 연락도 없네."

이기철의 물음에 1차장은 한참 아무런 말이 없다가 고민이 끝난 듯 입을 열기 시작했다.

-특수2부 애들이 조사하던 공정위 불법 재취업 건 있잖습니까? 혜성 자동차가 계열사 신고 누락한 것을 봐주고 사무처장 아들이 낙하산 입사했다던…….

"그래, 있지. 그거 이미 수사 마무리하던 거 아냐?"

-그런 줄 알았는데 피의자가 입을 열었습니다.

"입을 열다니?"

-피의자의 아들 낙하산 입사는 사후에 있었던 일이고, 조사 무마를 요구해 오는데 박학진 경제부총리라고…….

쾅-

수화기 너머의 말을 듣고 있던 이기철은 소파 팔걸이를 내려쳤다.

박학진은 임명 단계에서부터 문제가 많았다. 인사 검증 담당자로서 여러 차례 검증을 돌려봐도 임명할 각이 안 나오는 인물이었다.

세금 미납에 위장전입, 부동산 투기까지 대통령의 당인 여당에서마저 비리 종합선물 세트라며 임명 철회를 요구해 왔지만, 대통령은 임명을 강행했었다.

언제고 터질 인사란 걸 예측했지만, 경제정책을 한창 시행 중인 이때 박학진의 비리가 터져 버린다면 정책들이 동력을 잃을 수 있었다.

"신빙성은?"

-제가 들어봤을 땐, 상당히 구체적입니다. 법원에서도 진술이 구체적이라 느끼고 대규모 압색영장 발부한 거 아니겠습니까?

"그래, 알았어. 고마워."

-아닙니다. 선배님 도움이 필요하실 땐 언제든 연락해 주십시오.

통화를 마친 이기철은 심각한 표정으로 연신 입술을 매만졌다.

*

"깨끗합니다."

사흘 후, 현진우 검사실을 포함한 여러 검사, 수사관실에서는 압수수색 때 압수한 증거물들을 분석하고 있었다.

한참 서류와 씨름을 하고 있는 진우의 곁으로 다가온 수사관 김현태는 심각한 표정으로 이야기를 이어나갔다.

"계좌도 깨끗하고 박학진 경제부총리 자택에서도 그럴싸한 증거가 나오지 않았고요. 장관실은 말해 뭐 하겠습니까."

분석의 결과가 좋지 않자 진우는 마른세수를 했다.

김현태의 말마따나 확실한 물증이 나오지 않았다.

결국 현재 가진 것이라고는 이정호의 진술뿐이었고, 물증이 나오지 않는 이상 재판 결과가 달라질 수 있었다.

"박학진 경제부총리 친족 계좌 내역은 어떻습니까?"

"부인부터 아들, 며느리까지 봤는데 깨끗합니다. 전 공정위 사무처장 이정호가 진술한 한식당에는 이미 CCTV가 기간이 지나 자동 삭제 되었고요."

"포렌식은요?"

"NDFC에서는 일단은 시도해 보겠지만, 힘들 것 같다고 알려왔습니다."

NDFC는 대검찰청 국가디지털포렌식센터이며, 컴퓨터 하드 드라이브와 같은 디지털 저장장치에서 증거를 수집하는 대검찰청 과학수사기획관 휘하의 팀이었다.

이전 삶에서는 기술이 발전에 자동 삭제된 CCTV 데이터도 복원할 수 있었지만, 아직은 그 정도까지 되지 않는 것 같았다.

"분석 얼마 정도 끝났습니까?"

"70% 정도 끝났습니다."

"일단 좀 두고 보죠. 저도 아직 보고 있는 서류들이 몇 가지 있으니까요."

"네, 알겠습니다."

"김 계장님 수고하시는 거 알고 수사관분들도 고생이시겠지만, 조금 꼼꼼하게 봐달라고 말씀 좀 해주세요."

진우의 부탁에 김현태는 고개를 숙여 인사하고는 압수 물품 분석실로 향했고, 진우는 다시 서류에 고개를 파묻었다.

똑똑-

노크 소리와 함께 방문이 열렸고, 진우의 시선은 방문을 향했다. 부장검사 김인호가 들어오고 있었다.

"부장님, 오셨습니까?"

진우는 자리에서 일어나 고개를 숙였고, 김인호는 인사는 됐다는 듯 손짓을 했다.

"압수수색 어떻게 됐어?"

김인호는 압수수색 분석 결과가 궁금해 진우의 방을 찾아온 것 같았고, 진우는 곤란한 표정을 지었다.

"아직 확실한 증거가 나오지 않았습니다."

"한식당 CCTV는?"

"기간이 지나서 자동 삭제 되었다고 합니다."

진우의 답에 김인호는 미간은 잔뜩 찌푸렸다.

"골치가 아프네."

법원으로부터 무려 네 곳이나 압수수색 영장을 받아, 그것도 상대가 방심할 타이밍인 주말에 진행한 압수수색이었다.

거기에 경제부총리 박학진 친족의 계좌까지 탈탈 털었지만, 확실한 증거가 나오지 않고 있었다.

"분석 얼마나 진행됐어?"

“70% 정도 진행됐습니다.”

김인호는 뒷짐을 지고 서서 무언가 고민인 듯한 표정을 지었다.

“무언가 놓치는 건 없고?”

김인호의 말에 진우 또한 가만히 그간의 수사 방법을 곱씹기 시작했다.

“잘 생각해 봐.”

김인호는 진우를 바라보며 걱정이라는 표정으로 말했다. 상대가 경제부총리급의 거물이라면 의외로 많은 검사가 성급하게 굴곤 했다.

김인호 본인 또한 지금 이 사건의 주임 검사였다면, 당장 놓인 증거 중에서 공판에서 유리한 직접 증거를 찾으려 했을 것이다.

오히려 이 부분이 시야를 좁게 만들 수 있었다. 진우에게 그 부분을 짚어주고 싶었다.

그것이 휘하 검사들을 관리하는 부장검사가 지금 상황에서 해줄 수 있는 최고의 조언이었다.

“처음, 처음으로…….”

진우는 혼잣말을 하기 시작했고, 김인호는 그 모습을 바라보고 있었다.

이윽고, 진우는 생각이 정리된 듯 자리에서 벌떡 일어나 방 한쪽에 쌓인 상자를 향해 다가가 서류를 찾기 시작했다.

"검사님, 뭐 찾으세요?"

진우와 김인호의 대화를 지켜보던 실무관 이민정은 자리에서 일어나 진우를 향해 다가왔다.

"서류 제가 정리했거든요. 도와드리겠습니다."

"박학진 경제부총리와 혜성 자동차 대관 팀장, 전 공정거래위원장 개인차량과 관용차 하이패스 기록이 압수품에 있던 걸로 기억하는데요."

"아, 그건 이쪽에……."

이민정은 열심히 상자를 뒤지더니 진우가 원한 자료를 건넸다.

"고맙습니다."

"아니에요. 필요한 거 있으시면 제게 말씀해 주세요."

이민정의 말에 진우는 웃으며 살짝 고개를 끄덕이고는 자리로 돌아갔다.

"뭔가 찾았나?"

"처음으로 돌아가 볼까 합니다."

"처음?"

"이정호의 진술에 따르면 박학진 경제부총리와 공정거래위원장, 혜성 자동차 대관 팀장이 만난 것은 2013년 4월입니다."

정부가 출범하고 한 달이 채 지나지 않아 공정위는 혜성 자동차의 대기업집단 신고 누락을 발견했고, 한 달 후인 4

월에 경제부총리 박학진과 공정거래위원장의 만남 자리에 혜성 자동차 대관팀이 같이 자리한 바가 있었다.

"그렇지."

"장소는 인천 영종도의 고급 한정식 식당이고요."

"다른 사람들의 시선을 생각한 거 같다. 그게 아니라면 서울 근교까지 나갈 필요가 없으니까."

"네, 그래서 오히려 지금 상황엔 더 좋아졌습니다."

김인호는 웃으며 진우를 바라보고 있었다.

"광화문이나 유동 인구가 많은 곳에서 만났다면 오히려 빠져나갈 구멍이 많았을 겁니다. 하지만 CCTV는 사라졌어도 하이패스나 영종도로 향하는 길에 있는 CCTV 중 어느 곳에는 분명 흔적이 있을 겁니다."

진우는 그렇게 말하며 하이패스 기록에 집중하기 시작했고, 그 모습을 바라보던 김인호는 몸을 돌려 검사실 밖으로 나가려 했다.

"부장님, 안녕히……."

실무관 이민정이 자리에서 일어나 나가려는 김인호를 향해 인사하려 하자, 김인호는 검지를 코에 가져다 대며 조용히 하라는 제스처를 취하고 살짝 고개를 숙여 이민정을 향해 인사하고는 검사실 밖으로 나섰다.

"2013년 4월…… 4월……."

세 가지의 기록을 열심히 분류하던 진우는 드디어 무언

가 찾은 것인지 서류를 집어 들고는 자리에서 일어나 흔들었다.

"찾았습니다. 세 사람은 2013년 4월 21일 7시 10분에서 50분 사이에 인천공항 톨게이트에서 빠져나온 기록이 동시에……."

"부장님은 이미 가셨어요."

이민정은 진우의 모습에 살짝 웃으며 김인호가 이미 갔음을 얘기해 줬고, 진우는 무안한지 뒷머리를 긁적이다 이내 재킷을 챙겨입었다.

"김 계장님께 다녀오겠습니다. 실무관님, 일단 혜성 자동차 대관 팀장 소환 준비 좀 해주세요."

"네, 알겠습니다."

진우는 웃으며 고개를 숙여오는 이민정을 뒤로하고는 검사실을 벗어났다.

✻

"내 임기가 한 달 조금 넘게 남은 시점이야. 대검 부장들 요즘 들뜬 거 잘 알고 있다."

일주일 후, 대검찰청 검찰총장실.

대검 간부들에게 정기 보고를 받은 검찰총장 권태영은 회의가 끝나가자 간부들을 향해 당부의 말을 하고 있었다.

검찰총장 임기가 끝날 때쯤 되면 늘 있던 연례행사와 같았지만, 최근 대검 간부들은 들뜬 마음을 주체하지 못하는 것 같았다.

"아무래도 이 조직에서 보상이라곤 승진밖에 없다 보니 다들 마음이 들떠 있을 만도 하지."

권태영은 대검 간부들을 이해한다는 말투로 얘기했다.

"하지만, 지금 큰 수사들이 각 지검에서 동시다발적으로 진행 중이니 자신이 맡은 임무는 빠짐없이 진행할 수 있도록 해. 내 말 알겠어?"

"네, 총장님."

쾅-

그때, 검찰총장실 문 쪽에서 큰 소란이 들려왔고, 모두의 시선은 총장실 문으로 향했다.

"수석님, 이러시면……."

문이 부서져라 '쾅' 열고 들어온 인물은 민정수석 이기철이었는데, 대검 직원들은 당황한 듯 뒤에 서서 이기철을 말리고 있었다.

"권 총장! 얘기 좀 합시다!"

이기철은 화가 잔뜩 난 듯 큰 목소리로 버럭 소리를 질러왔고, 대검 간부들과 직원들의 시선은 권태영을 향했다.

부하 직원들의 시선을 느낀 권태영은 간부들을 바라보며 살짝 고개를 끄덕였고, 대검 간부들은 고개 숙여 인사하고는 총장실을 벗어났다.

“보는 눈이 많습니다.”

“연락을 안 받으니 내가 찾아와야지!”

“대통령께서 취임 초 저를 부르셔서 독자적인 수사를 할 수 있도록 물심양면으로 돕겠다고 말씀하셨습니다.”

이기철은 권태영을 보고 어이없다는 듯 헛웃음을 내뱉었다.

죄송하다 사과 먼저 해올 줄 알았건만 사과는커녕 자신의 앞에서 대통령을 팔고 있었다.

“허허허.”

권태영의 고자세에 이기철은 정말 웃음밖에 나오지 않았다.

“대통령께서는 실제로 지금도 저희가 독자적인 수사를 할 수 있도록 도와…….”

“대통령께서 그렇게 검찰에 신경을 써줬는데, 은혜를 갚는다는 게 이거야!”

이기철은 큰소리를 지르며 손에 들고 있던 서류 뭉치를 바닥에 던졌고, 권태영의 시선은 바닥으로 향했다.

서류 뭉치는 오늘 아침 조간신문 기사였다.

「[단독] 박학진 경제부총리, 혜성 자동차 공정위 징계에 개입한 정황 나와.」

「검찰 관계자, "이정호 공정위 전 사무처장의 증언 뒷받침하는 중요 증거 발견.」

「검찰 관계자, "혜성 자동차 대관팀 실무자에게 중요 증언 확보. 곧 박학진 경제부총리 소환 예정."」

「당혹스러운 표정 감추지 못하는 청와대, 사정 정국 부메랑 되어 정부 정조준.」

"아직 죄가 밝혀진 것도 아니고, 소환도 전에 경제부총리를! 죄인을 만드는 기사를 흘립니까?"

"그 기사에서 인터뷰한 검찰 관계자가 누구인지 최대한 밝히려고 하고 있습니다. 수석님께서도 개인적으로 밑에 직원에게 연락해 수사 정보에 관해 묻는 걸 자제해 주셨으면 좋겠습니다."

권태영의 말에 이기철은 입가가 파르르 떨렸다.

"이 기사의 관계자를 찾는 조사 과정에서 중앙지검 1차장과 연락하신 사실을 알게 되었습니다. 그 친구가 자진 신고 해오더군요. 그 친구 지금 꽤 난감한 상태입니다."

"그래서 뭘 어쩌란 거요?"

이기철의 물음에 권태영은 피식 웃으며 살짝 고개를 숙였다.

"그저 말씀드리는 것뿐입니다."

이기철은 권태영의 행동에 부들부들 떨며 상황을 반전

시켜야겠다고 생각했다.

"아침에 대통령께서 이 기사를 보고 무슨 말씀을 하신지 압니까? 검찰이 막 나간다고 화를 내셨어요!."

이기철은 아침부터 대통령 집무실에 불려가 한 소리를 들은 참이었다.

"그래서 이런 유례가 없는 행동을 하셨습니까? 대검 간부들 직원들 보는 눈이 있는데, 검찰총장실 문을 박차고 들어오시다니요."

"이봐요! 권 총장! 임기 한 달 남았다고 막 나가기로 한 거요?"

"그런 적 없습니다. 검찰의 본분을 다하라고 아래 직원들에 명령했을 뿐입니다."

권태영은 단 한마디도 지지 않겠다는 듯 이기철의 말을 받아쳤다. 더 이상 이기철에 끌려다닐 이유가 없다고 생각했다.

"저번에도 말씀드렸습니다만, 이번 정국은 우리 검찰에 맡겨주시지요."

"어디 맘대로 해보시오. 나도 내가 할 수 있는 모든 것을 총동원할 테니까."

이기철의 말에 권태영은 고개를 숙여 인사했고, 그 모습을 바라본 이기철은 두 주먹을 꽉 쥔 채로 부들부들 떨다 몸을 획 돌려 총장실을 나가 버렸다.

"……."

권태영은 자리에 앉아 한참 생각에 잠겼다. 이기철이라는 존재가 계속해서 청와대에 남아 있는다면, 자신의 퇴임 이후 검찰은 이기철의 손에 놀아날 것이 너무 자명해 보였다.

"진흙탕 싸움을 하긴 싫었는데……."

생각을 마친 권태영은 품속 주머니에서 휴대전화를 꺼내 익숙한 번호를 찾아 통화 버튼을 눌렀다.

"이 편집장, 권태영입니다."

-아이고, 총장님. 얼마 전 주신 박학진 부총리에 대한 정보 잘 받았습니다. 우리 회사 단독으로 나가고 여러 곳에서 받아쓰고 있네요. 감사합니다.

수화기 너머의 상대는 주류 언론사의 편집장이었다.

-어쩐 일로 전화해 주셨습니까?

"기사가 하나 더 났으면 좋겠다 싶어서 말입니다."

-총장님께서 주시는 정보라면 언제든 환영이지요!

"민정수석이 대검에 찾아와 간부들이 모두 보는 앞에서 검찰총장과 고성이 오가는 언쟁을 했다. 어떻습니까?"

권태영의 말에 수화기 너머에서는 잠시 아무 말이 없었다.

-사, 사실입니까?

"내가 말하는 건데 사실이 아니겠습니까?"

-전례가 없는 일입니다. 1면 가능할 것 같네요.

"그럼 이번에도 잘 부탁드리겠습니다."

-걱정하지 마십시오! 저번 단독 건도 그렇고 늘 감사드립니다.

수화기 너머의 말에 권태영은 씩 웃음을 지었다.

*

한편, 진우는 차장검사 이재윤과 독대를 나누고 있었다. 어느 정도 사건에 대한 증언과 증거들을 확보했으니 경제부총리의 소환만이 남은 상태였다.

"확실하게 증거 수집은 끝난 건가?"

"네, 박학진 경제부총리의 관용차, 혜성 자동차 대관 팀장의 하이패스 기록에서 같은 시간대에 목적지가 겹치는 곳을 여러 곳 발견했습니다."

이전에 발견한 하이패스 기록 외에도 박학진과 혜성 자동차 관계자는 그 관계를 의심할 만한 만남을 가져왔다.

"혜성 자동차 대관 팀장은 실토를 한 거고?"

"만남은 인정하고 있습니다만, 향응이 오갔냐는 물음에는 아무런 답도 하지 않았습니다."

"만남이야 당연히 기록이 나왔으니 인정하는 거고, 대가성이 오갔냐는 문제에 대해서는 우리가 증거가 없고, 이런 부분은 증언이 상당 부분을 차지하니까 입을 다물고 있는 거구먼."

진우는 인상을 찌푸리는 이재윤을 바라보여 이야기를 이어나갔다.

“대가성에 관한 문제는 전혀 걱정하지 않으셔도 될 것 같습니다.”

진우의 말에 이재윤은 두 눈을 희번덕 뜨고 진우를 바라보았다.

“왜 뭐 있어?”

“박학진 경제부총리의 관용차 운전기사의 증언에 따르면 박학진 부총리는 집 대신 한 오피스텔을 자주 찾았다고 합니다.”

진우는 지난 주말 박학진의 주변인들까지 불러 최대한 진술을 확보했었다.

“오피스텔?”

“네, 해당 오피스텔의 등기를 확인한 결과, 대관 팀장의 처남 명의로 된 오피스텔인 것을 확인했습니다.”

“그러니까, 혜성 자동차 대관 팀장이 오피스텔을 제공했다 이거네?”

“네, 명의가 혜성 자동차 대관 팀장의 처남 명의로 되어 있으니 이 부분은 법정에서 입증이 어렵지 않을 거라 보고 있습니다.”

이재윤은 확실한 증거를 찾았다고 느낀 듯 손뼉을 치며 진우를 바라보았다.

"증거를 뒷받침하는 증언도 확실하고 박학진만 부르면 되겠는데, 소환 일정 조율은 끝났나?"

"부총리 측 변호인과 소환 일정 조율 중입니다."

"부총리 쪽 변호인은 뭐라든?"

이재윤은 테이블 위에 있던 커피잔을 들어 올려 홀짝이면서 진우를 바라보았다.

"비공개 조사를 요구해 오고 있습니다."

"뭐? 비공개 소환도 아니고 조사라면 제삼의 장소에서 조사해 달라는 거 아냐?"

보통 사회적으로 신분이 높은 양반들은 검찰로의 출석 대신 호텔이나 공적인 제삼의 장소에서 조사를 진행하는 경우가 왕왕 있었다.

소환 대상자 측에서 요구하는 것도 있었고, 검찰 또한 소환조사가 부담스러울 때 택하는 방식이었다.

"그마저도 서면 조사를 요구하다 박학진 부총리에 대한 확실한 증언을 우리가 확보했다는 기사가 나오고 한발 물러선 느낌입니다."

"서면 조사?"

"예, 하지만 제 생각으로는 박학진 경제부총리의 경우에는 확실한 증언과 뒷받침해 주는 증거도 있어서 강제 수사를 펼칠 수 있다고 생각해 거절했습니다."

대면 조사 대신 서면 조사를 하는 예도 있었지만, 진우는 박학진의 경우는 여러 증언을 취합해 봤을 때 '실질 피의자'로 생각하고 있었고, 대면 조사가 적합하다 생각했다.

"잘했어. 서면 조사는 무슨. 체포영장 안 받고 일정 조율해 주는 것만으로도 감사하게 생각해야지."

이재윤 또한 진우의 의견에 동의했다.

"그나저나, 기사 얘기가 나와서 말인데 진우 너는 아니지? 대검에서 인터뷰 응한 관계자 찾는다고 하고 있어."

상대가 경제부총리기도 했고, 아무래도 피의사실이 확실해지기 전에 검찰 관계자가 피의사실을 공표한 거나 마찬가지인 기사가 나가자 검찰은 당혹스러워했다.

"저는 아닙니다."

진우 또한 수사에 대한 정보가 언론에 흘러나가고 난감해진 참이었다.

수사팀 내에 수사관과 검사들이 서로를 의심하는 상황까지 왔었다.

"어쨌든 아니라면 다행이고, 저거 전수조사하다가 1차장은 민정수석에게 이번 사건 따로 보고한 거 들킬까 봐 자진신고 했다더라고."

"1차장님께서요?"

"그래, 자진신고기도 해서 대검에서는 경고하고 넘어갔다는데 언론에 흘리는 사람 없도록 관리 잘하고."

"네. 알겠습니다."

진우의 답이 있자 이재윤은 고개를 끄덕이며 조심스레 진우를 바라보았다.

"이제 본론을 얘기해야지. 그래서 어떻게 할 거야? 소환 일정 계속 조율할 거였으면 네가 나를 찾아올 이유도 없었을 테고."

"최종으로 소환 통보를 할까 합니다."

진우의 말에 이재윤은 고개를 끄덕였다. 계속해서 박학진 경제부총리의 사정을 봐주며 수사를 질질 끌 필요는 없어 보였기 때문이다.

"최종 소환 통보라면?"

"소환 일정과 장소를 통보할 겁니다. 장소는 당연히 특수부 특별 조사실이고요."

"좋아. 소환에 응하지 않으면?"

"체포영장을 준비하겠습니다."

이재윤은 이미 짐작은 하고 있었다는 듯 고개를 끄덕였다.

현직 장관을 체포한다는 것은 분명 부담이 있는 모험 수였지만, 명분은 검찰에 있었다.

"그래, 그럼 그 부분은 그렇게……."

똑똑-

진우와 이재윤 두 사람이 얘기를 주고받고 있을 때 차장실 문이 열리며 당황한 표정의 김인호가 들어왔다.

"어, 김 부장 부를 땐 자리에 없더니 무슨 일이야?"

"부장님, 오셨습니까?"

진우는 자리에서 일어나 김인호를 향해 고개 숙여 인사했다.

김인호는 다급한 듯 진우에게 손짓으로 인사를 하고 이재윤을 향해 입을 열었다.

"차장님, 큰일 났습니다. 대검에 이기철 민정수석이……."

"일단 앉아서 자세하게 말해봐."

김인호의 말에 덩달아 급해진 이재윤은 침착하라며 김인호를 자리에 앉혔다.

"이기철이 왜? 대검에 나타났다니 무슨 말이야?"

"저도 자세한 건 모르겠습니다만, 지금 대검 직원들 사이에서 나오는 소문으로는 간부 회의 중이던 총장실 문을 박차고 이기철 수석이 들어왔다고 합니다."

"왜?"

이재윤의 물음에 김인호는 진우를 바라보았다.

"박학진 경제부총리 건 때문인 거 같습니다."

김인호가 답하자 이재윤은 착잡해진 표정과 말투로 입을 열었다.

"최근에 총장이 청와대에 보고를 하지 않는다는 소문은 들었다만, 터질 게 터진 건가?"

"아니, 아무리 그래도 총장실까지 찾아와서 그런 식으로 행동한다는 건, 듣지도 보지도 못했습니다."

"그만큼 이기철이 지금 벼랑 끝에 몰린 거지."

지이잉-

그때, 이재윤의 휴대전화에서 진동이 울리기 시작했고, 이재윤은 휴대전화를 들어 화면을 확인했다.

화면을 확인하는 이재윤의 표정은 심각해져 갔는데, 그 모습을 바라보던 김인호는 참을 수 없다는 듯 입을 열었다.

"무슨 일입니까?"

"속보가 터졌네."

이재윤은 휴대전화를 김인호에게 건넸고, 확인을 끝낸 김인호는 진우에게로 휴대전화를 넘겼다.

「[단독] 이기철 민정수석 대검 찾아가 권태영 검찰총장과 기 싸움.」

「대검 간부 회의 중 이기철 민정수석 불쑥 들어와 고성 질러.」

「검찰 진행 중인 박학진 경제부총리 사건과 관련 마찰 불거진 듯.」

「대검, 공식 논평 자제 "확인해 줄 수 없다."」

「靑, "이기철 민정수석에게 진상 파악 중."」

"하, 요즘 우리 내부 사정을 언론에서 먼저 알게 되는구만."

진우가 확인을 끝내고 휴대전화를 다시 돌려주자 이재윤은 착잡한 말투로 말을 해왔다.

“그래서 이기철은 수사를 덮으라는 거야 뭐야?”

“뭐 그런 의도로 대검에 찾아간 것 아니겠습니까? 어쨌든 이렇게 기사로 나왔으니 덮지도 못하겠네요.”

김인호는 차라리 기사가 터진 것이 다행이라 생각했다. 여론의 시선이 몰릴수록 외압을 견딜 수 있는 힘이 세지니까.

“반대가 될 수도 있어. 여론의 시선이 몰렸으니 이 수사를 실패하면 안 되는 이유가 하나 더 늘었다고.”

이재윤은 팀의 관리자로서 걱정되는 부분을 짚어왔다.

곪아 있던 청와대 민정수석실과 검찰 간의 대립이 밖으로 터져 나와 버린 이상, 이젠 단두대 매치나 다름없었다.

수사를 실패하면 검찰이 위축되는 거고, 수사에 성공한다면 이기철의 목이 날아갈 수 있는 사건이 되어버렸다.

“진우, 네 생각은 어때?”

“판은 커졌지만, 걱정하지 않습니다.”

진우의 말에 이재윤은 놀란 듯 두 눈을 치켜떴다.

“그대로 진행하겠습니다.”

“현진우 배짱은 알아줘야겠네. 김 부장, 네 생각은 어때?”

“저도 현 프로와 생각이 같습니다. 지금 오히려 물러서면 우리가 숙이고 들어간다 생각하지 않겠습니까?”

부장검사 김인호까지 진우의 말에 동의하자 이재윤은

고개를 끄덕였다.

“좋아, 나한테 말했듯 차질 없이 진행하고, 특히 박학진 그 양반한테 최후통첩 날려. 수사에 계속해서 비협조적이면 체포영장 치자. 이판사판이야, 이제는.”

“네. 알겠습니다.”

“김 부장은 나랑 얘기 좀 더 하고, 진우는 어여 가 봐.”

이재윤의 말에 진우는 자리에서 일어나 고개를 숙여 인사하고는 차장검사실을 벗어났다.

‘만약 처음부터 총장이 모든 걸 제보했다면?’

복도를 걸으며 진우는 일련의 사건을 떠올렸다. 검찰 내부, 간부들만 알고 있는 정보가 언론의 단독보도로 두 번이나 새어 나갔다.

특히, 권태영 취임 이후, 내부 정보를 함부로 발설하는 간부들은 하나도 빠짐없이 대검의 감찰을 받았다.

1차장 또한 이기철과 연락을 주고받은 것을 스스로 신고할 만큼 기강이 잡힌 상태였다.

‘지금 상황에서 겁도 없이 언론에 제보할 수 있는 사람은 총장밖에 없다.’

진우는 권태영이 최근 일어난 일련의 사건들 뒤에 있을 거라고 확신했다.

얼마 전, 자신을 향해 퇴임 이후 노선을 정했다고 말해 온 것이 제일 먼저 떠올랐기 때문이다.

현재 검찰 조직의 가장 큰 적은 다른 이가 아닌 이기철이었다. 사사건건 사건에 개입해 오고 있었다.

'내가 총장을 도울 건 박학진을 확실하게 옭아매는 것.'

박학진 경제부총리의 죄가 확실해진다면 결국, 청와대에선 누군가 책임을 져야 했고, 인사 검증 담당자이자 검찰과 마찰을 일으켰다는 문제가 나올수록 이기철의 입지는 좁아질 것이다.

진우는 생각을 마치고는 결연한 표정으로 검사실로 향했다.

*

"이게 무슨 일입니까!"

다음 날, 청와대 비서실장실.

비서실장은 한껏 붉어진 얼굴로 오늘 자 조간신문들을 책상 위에 던졌다.

한성경제신문을 통해 인터넷판으로 나간 단독 기사들을 주요 주요 언론에서 다 받아쓰며 오늘 아침 조간신문 1면의 헤드라인은 검찰과 민정수석비서관인 이기철 간의 대립 문제로 가득 채워졌다.

"송구스럽습니다."

비서실장의 큰소리에 이기철은 양손을 가지런히 앞으로

모으고는 고개를 숙였다.

"다른 사람도 아니고, 민정수석이! 대검 간부 회의 중인데 쳐들어가요? 미친 거 아닙니까?"

비서실장은 드디어 기회를 잡았다는 듯 이기철을 몰아붙였다.

최근 이기철은 청와대 내에서 자신마저 무시하고 대통령을 제외하고는 2인자인 양 행동해 오고 있었다.

"대검에서 먼저 제 연락을 받지 않아……."

"찾아갔더라도 들키지 말았어야지!"

비서실장의 고함에 이기철은 입을 꾹 다물고 두 눈을 감았다. 딱히 반박할 거리가 없었다.

그의 말처럼 찾아갔다손 치더라도 권태영과 일대일 만남이어야 했다. 보는 눈이 너무 많았다.

순간적으로 화가 너무 나 지른 일치고는 뒷수습이 불가할 만큼 사건이 커져 버렸다.

"경위서 작성하고, 감찰 대기하세요."

"겨, 경위서라니요. 또, 감찰은 무슨 말입니까?"

이기철은 당황한 듯 비서실장을 향해 물었고, 비서실장은 여전히 분개한 표정으로 이기철을 바라보았다.

"이런 큰일을 저질러 놓고 그냥 넘어가려 했단 말입니까?"

"실장님, 저 민정수석입니다. 검찰 관리는 제가 해야 할 일의 연장선이었을 뿐이고요."

"연장선? 민정수석 업무 중 어디에 대검 쳐들어가 간부들 앞에서 총장과 고성을 주고받으라 되어 있습니까?"

비서실장의 말에 이기철은 미간을 잔뜩 찌푸렸다. 비서실장이 자신을 망신 주려 한다고 생각했다.

감찰 조직의 최종 관리자나 다름없는 본인에게 감찰 대기를 명하다니.

부하 직원들에게 감찰을 받으라는 것과 다름없었다.

"감찰은 받을 수 없……."

"대통령님 명령입니다."

이기철은 고개를 들고 비서실장을 빤히 바라보았다.

"대통령님께서 직접 이 수석의 감찰을 지시하셨다고요."

"그, 그럴 리 없습니다. 제가 대통령님을 뵙고 자세하게 설명하겠습니다."

비서실장은 기가 찼다.

이기철은 아직도 자신이 한 짓을 대수롭지 않게 생각하는 듯했다.

"이 수석, 뭔가 큰 착각을 하고 있나 본데! 대통령께서는 이미 이 수석에게 마음 떠났습니다. 대통령님의 검찰에 대한 공약이 뭐였습니까? 자율성 보장이에요!"

"하지만, 이 일은 대통령님께서도 불편해하셨던……."

"내 말 뭐로 들었습니까! 깽판을 칠 거였으면, 걸리지 말았어야지!"

"죄, 죄송합니다."

"이 수석에 대한 업무 배제와 함께 감찰에 들어가라는 대통령님의 명령입니다. 경위서를 작성하라는 것은 내가 이 수석에게도 최대한 변명의 기회를 주려고 건의한 겁니다."

너를 위해서 변명의 기회를 주겠다는 비서실장의 말에 이기철은 속으로 기가 차왔다.

분명 대통령을 구슬린 것도 고까운 표정으로 자신을 바라보고 서 있는 비서실장일 거라 생각했다.

"차라리 사표를 쓰라고 하시지요."

두 눈을 감고 한참 생각에 빠져 있던 이기철은 울화가 치미는 듯 비서실장을 향해 날이 선 말을 뱉어냈다.

"여기서 직무 배제당하고 감찰을 받으라는 건 옷을 벗으라는 거나 다름없지 않습니까?"

이기철의 말에 비서실장은 헛웃음을 뱉으며 입을 열었다.

"눈치가 그렇게 빠른 양반이, 대검에는 왜 쳐들어갔답니까? 본인이 그렇게까지 말하니, 행정력 낭비할 것 없어 참 좋습니다. 다음 주까지 업무 정리하고 사표 제출하세요. 검찰의 수사가 끝남과 동시에 수리할 테니."

비서실장은 성가신 표정과 말투로 이기철을 향해 말했고, 이기철은 두 주먹을 쥔 채로 부들부들 떨었다.

"나가세요."

비서실장의 축객령에 이기철은 인사도 하지 않고 문을

쾅 닫으며 비서실장실을 나가 버렸다.

"쯧쯧, 저리도 제 화를 못 이겨서야."

그 모습을 바라보던 비서실장은 혀를 쯧쯧 차며 고개를 가로저었다.

*

"박학진 경제부총리 겸 기획재정부 장관이 현직 장관으로는 처음 피의자 신분으로 검찰에 출석할 예정입니다."

일주일 후, 서울중앙지검 앞.

여러 대의 생방송 중계 차량이 중앙지검 앞을 가득 메우고 있었고, 기자들 또한 포토라인 앞에 진을 치고 있었다.

"잠시 후, 이곳 중앙지검에 도착할 예정인 박학진 경제부총리는 혜성 자동차에 대한 공정거래위원회의 징계에 개입한 것으로 알려져 있으며, 검찰은 혜성 자동차와 박 부총리 간의 대가성이 오간 정황을 밝혀낸 것으로 알려져 있습니다."

기자는 생중계 카메라를 향해 보도하고 있었다.

"소환을 계속해서 거부해 오던 박 부총리는 검찰이 체포영장 청구라는 배수의 진을 치자 자진 출석하겠다고 알려왔고, 박 부총리는 뇌물 수수 및 수뢰후부정처사 등 혐의를 받는 피의자 신분으로 조사를 받을 예정입니다."

잠시 후, 박학진이 멀리서부터 중앙지검 정문을 향해 걸어왔고, 촬영 기자들은 연신 카메라 셔터를 눌러댔다.

박학진은 긴장된 표정으로 바닥에 그려진 포토라인에 섰고, 사진 촬영이 끝나자 마이크를 든 기자가 박학진에게 다가갔다.

"혜성 자동차에 대한 공정위 징계에 관여하신 적 있습니까?"

"조사에 성실히 임하겠습니다. 진실이 검찰 조사에서 밝혀질 겁니다."

박학진은 기자의 물음에 동문서답으로 답하고는 고개를 숙여 인사를 한 후 중앙지검 정문으로 들어섰다.

한편, 진우를 비롯한 특수2부장 김인호와 이재윤은 특별조사실이 위치한 10층 엘리베이터 앞에서 대기 중이었다.

아무래도 현직 장관의 신분을 가지고 있었기 때문에 대우하려는 차원이었다.

"부총리님, 어서 오십시오. 서울중앙지검 3차장 검사 이재윤입니다."

엘리베이터 문이 열리고 박학진이 엘리베이터에서 내리자 이재윤이 먼저 인사를 건넸고, 박학진은 손을 내밀었다.

"오늘 잘 부탁드립니다."

"여기는 오늘 부총리님을 조사할 담당 검사 현진우 검사입니다."

이재윤이 진우를 소개하자 박학진은 진우를 향해서도 손을 내밀었다.

"오늘 살살 부탁 좀 합시다."

진우는 박학진의 손을 맞잡고는 살짝 고개를 숙였다.

그렇게 인사가 끝나고 모두는 특별조사실로 향했고, 조사실 안으로 박학진과 그의 변호인이 들어서자 이재윤은 긴장된 표정으로 진우를 바라보았다.

"잘할 수 있지?"

"네, 증언을 뒷받침해 주는 증거도 확실한 상황입니다."

"얼마나 걸릴 거 같아?"

"조서를 작성하는 것 자체는 두 시간 안에도 끝낼 수 있습니다."

검찰 수사가 길어지는 이유 대부분은 조서를 작성한 이후 변호인과 피의자가 확인하는 단계에서 수정을 요구해 오는 경우 때문이었다.

진술조서는 법정에서 매우 중요하게 작용하기 때문에 시간이 오래 걸릴 수밖에 없었다.

"혹시나 해서 말하는데 오늘 바로 체포는 안 된다."

이재윤은 웃으며 진우를 향해 말해왔다.

"알고 있습니다. 조사가 끝내면 귀가시키고 바로 구속영장 치겠습니다."

"좋았어. 밖에 나랑 김 부장 있을 테니까 도움 필요하면 알지?"

이재윤은 진우의 양어깨를 주물러주며 말했다.

"네, 알겠습니다."

"자, 특수부 에이스 출격!"

이재윤은 진우의 등을 세게 두들겨 주며 힘을 불어넣어 주었고, 진우는 웃으며 두 사람을 향해 고개 숙여 인사하고는 조사실로 향했다.

To Be Continued